光文社文庫

文庫書下ろし／長編時代小説

霹靂(へきれき)

惣目付臨検仕(つかまつ)る(五)

上田秀人

光　文　社

この作品は光文社文庫のために書下ろされました。

目次

第一章　独りの迷走　13
第二章　権威と慣例　70
第三章　主君の誉れ　125
第四章　策と謀　181
第五章　辰ノ口（たつのくち）の戦い　237

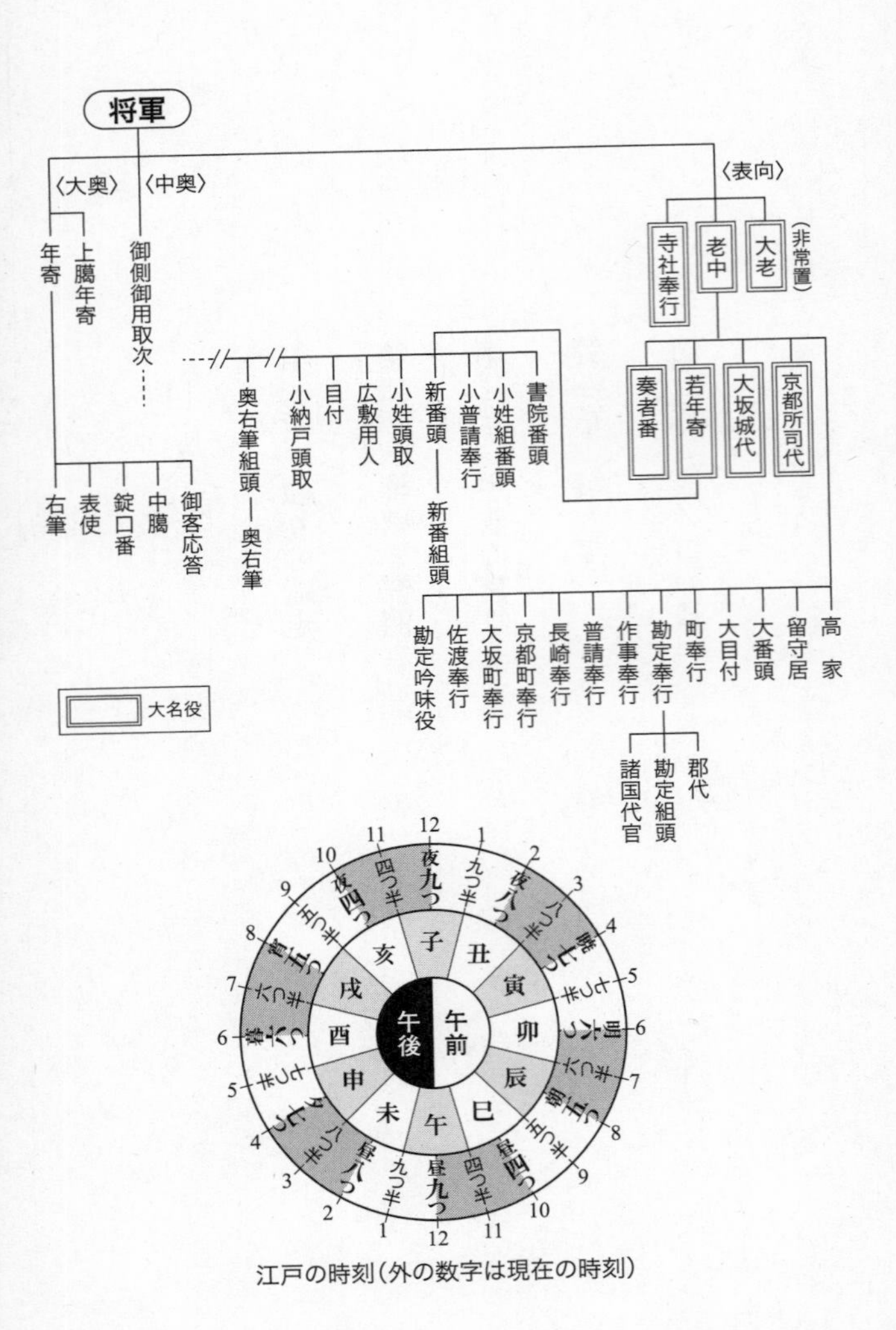

江戸の時刻(外の数字は現在の時刻)

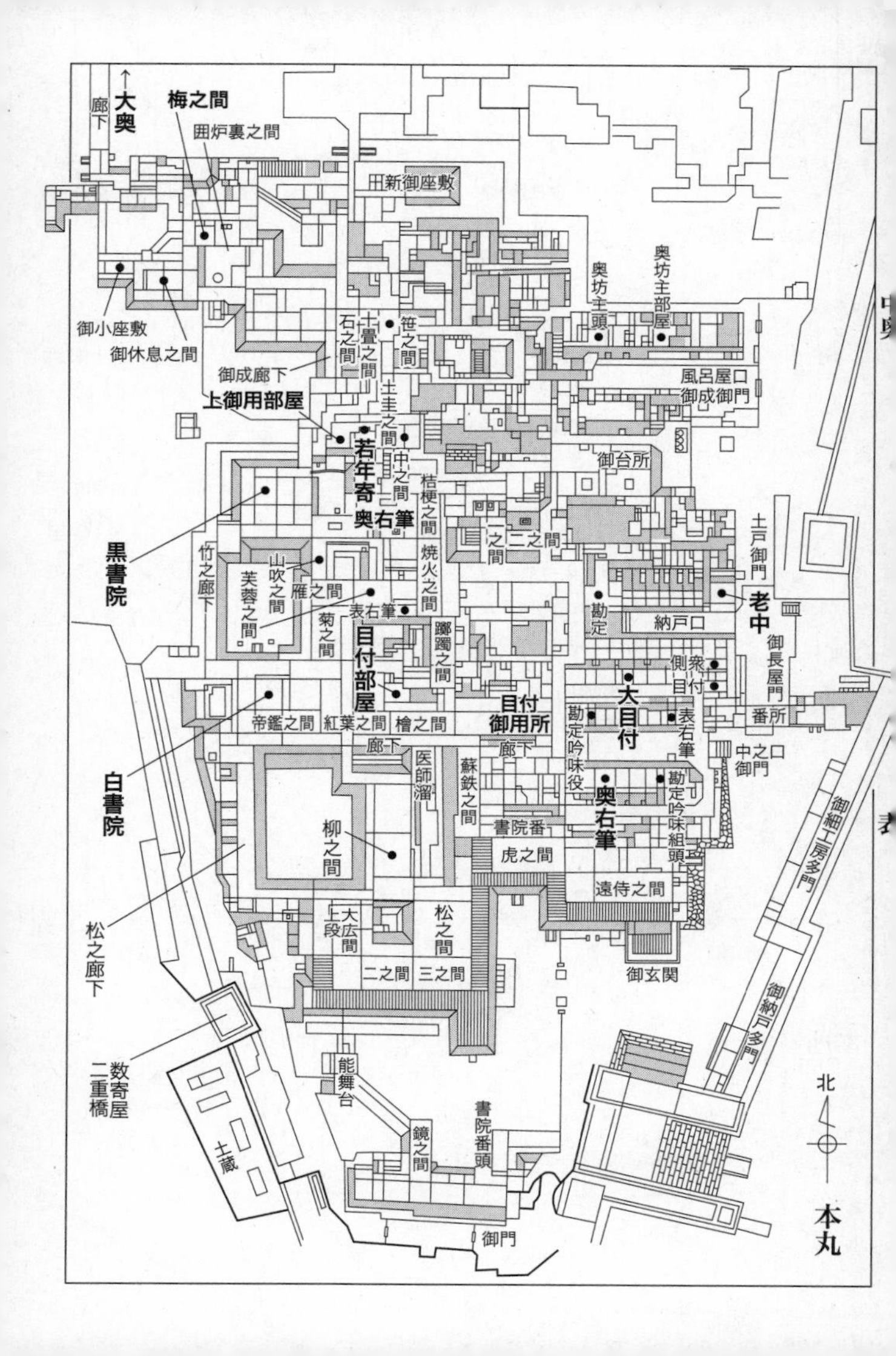

大奥
廊下
梅之間
囲炉裏之間
新御座敷
御小座敷
御休息之間
奥坊主頭
奥坊主部屋
石之間
十畳之間
笹之間
御成廊下
風呂屋口
御成御門
上御用部屋
土圭之間
中之間
若年寄
奥右筆
御台所
桔梗之間
黒書院
竹之廊下
山吹之間
芙蓉之間
雁之間
菊之間
表右筆
焼火之間
一之間
二之間
土戸御門
老中
勘定
納戸口
目付部屋
躑躅之間
側衆
目付
御長屋門
大目付
目付御用所
帝鑑之間
紅葉之間
檜之間
勘定吟味役
表右筆
番所
中之口御門
廊下
医師溜
蘇鉄之間
奥右筆
勘定吟味組頭
白書院
書院番
柳之間
虎之間
御細工房多門
遠侍之間
松之廊下
上段
大広間
松之間
二之間
三之間
御玄関
御納戸多門
数寄屋二重橋
能舞台
北
書院番頭
鏡之間
土蔵
御門
本丸

張徳川家
上屋敷
早稲田村
江戸川
音羽
護国寺
至板橋宿
江戸川橋
大塚
巣鴨
赤城明神
御納戸町
石切橋
神楽坂
若宮八幡宮
切支丹坂
御薬園
日光御成街道
中山道
小日向馬場
牛込
御留守居町
牛込御門
番町
傳通院
小石川
白山
神明宮
駒込
田安御門
小石川御門
水戸徳川家
上屋敷
入江無手斎道場
水御門
春日町
水道橋
水城聡四郎の屋敷
千駄木
神田川
御弓町
本郷
加賀前田家
上屋敷
竹町
道灌山
下谷茅町
（柳沢家中屋敷）
根津権現
霊雲寺
池之端
七軒町
日暮里
神田明神
不忍池
湯島天神
忍ヶ岡
昌平橋
昌平坂
明神下
池之端仲町
弁天
仁王門前町
根岸
谷中
筋違御門
東叡山
寛永寺
下谷広小路
外神田
内神田
和泉橋
佐久間河岸
神田佐久間町
下谷金杉町
御徒町
下谷山崎町
豊島町
新シ橋
向柳原
広徳寺
下谷竜泉寺町
通塩町
柳原土手
左衛門河岸
三味線堀
幡随院
横山町
両国
広小路
元鳥越町
猿屋町
甚内橋
浅草橋
茅町
米沢町
阿部川町
新吉原
両国橋
柳橋
御蔵前
片町代地
新堀川
日本堤
東本願寺
大川
旅籠町
水戸家石揚場
御米蔵
首尾の松
回向院
御蔵前
御蔵前通り
浅草寺
奥山
浅草
日光道中
小塚原
御竹蔵
御厩河岸之渡し
浅草広小路
雷門
浅草観音
山谷町
駒形町
新鳥越橋
山谷堀
ツ目之橋
本所
南割下水
浅草
駒形堂
花川戸町
竹町之渡し
吾妻橋
今戸橋
今戸町
揚場
白鬚之渡し
源森橋
源森川
北割下水
ツ目之橋
小梅村
三囲稲荷
向島墨堤
長命寺
木母寺
大横川
法恩寺橋
寺島村
業平橋
小梅村
亀戸村
ツ目之橋
押上村
十間川
天神橋
柳島村
亀戸天神

天現寺
紀伊徳川家屋敷
元赤坂町
竹腰山城守屋敷
伝馬町
平河町
四谷御門
渋谷川
麻布新町
善福寺
六本木
赤坂
井伊掃部頭
中屋敷
四ノ橋
氷川明神
赤坂御門
紀伊徳川家
上屋敷
古川町
仙台坂
新網町
飯倉片町
市兵衛町
麴町
三ノ橋
二ノ橋
一ノ橋
溜池
中之橋
千鳥ヶ淵
芝車町
葵坂
赤羽橋
半蔵御門
三田町
虎之御門
西之御丸
至品川宿
新シ橋
外桜田御門
雉子橋御門
増上寺
和田倉御門
一橋御門
江戸城
南町奉行所
宇田川町
幸橋
金杉橋
土橋
北町奉行所
芝
浜松町
数寄屋橋御門
神田橋御門
汐留橋
常盤橋御門
三十間堀
呉服橋御門
金杉川
銀座町
竜閑橋
濱御殿
数寄屋町
石橋
本町
木挽町
京橋
本両替町
今川橋
西本願寺
本材木町
日本橋
白魚橋
魚河岸
大伝馬町
楓川
八丁堀
弾正橋
江戸橋
荒布橋
組屋敷
八丁堀
海賊橋
南茅場町
日本橋川
小網町
銀座
中之橋
元大坂町
亀島川
霊岸橋
諸国人入れ相模
稲荷橋
一ノ橋
新川
箱崎橋
松島町
鉄炮洲
高橋
浜町
行徳河岸
高砂橋
二ノ橋
佃島
霊岸島
豊海橋
箱崎町
浜町堀
箱崎川
永久橋
石川島
永代橋
万年橋
新大橋
御船蔵
佐賀町
今川町
上之橋
江戸湊
黒江町
緑橋
万年町
大島町
油堀
材木町
海辺大工町
西光寺
六間堀
永代寺
富岡橋
海辺橋
高橋
弥勒寺橋
弥勒寺
越中島
蓬莱橋
仙台堀
深川元町
富岡八幡宮
霊巌寺
亀久橋
小名木川
汐見橋
入船町
深川
洲崎
新高橋
西
北
東
扇橋
猿江橋
南辻橋
0
1km
猿江町
御材木蔵
大島橋
清水橋
金座

主な登場人物

水城聡四郎（みずきそうしろう）……惣目付。勘定方を務めてきた水城家の四男だったが、父親の隠居と長男の急逝で家督を継ぐ。新井白石の引きで勘定吟味役に抜擢され、その後、紀州徳川家藩主だった吉宗が八代将軍となると御広敷用人に登用された。道中奉行副役を経て惣目付に。

水城紅（あかね）……水城聡四郎の妻。元は口入れ屋相模屋の娘。聡四郎に嫁ぐにあたり、吉宗の養女となる。聡四郎との間に娘・紬（つむぎ）をもうける。

大宮玄馬（おおみやげんば）……水城家の筆頭家士。元は、一放流の入江道場で聡四郎の弟弟子。

入江無手斎（いりえむてさい）……一放流の達人で、聡四郎と玄馬の剣術の師匠。聡四郎の娘を襲った藤川義右衛門を追い、西へ。

山路兵弥（やまじひょうや）……元は伊賀の郷忍。すでに現役を退いて隠居。播磨麻兵衛とともに、聡四郎と旅先で出会い、助をすることになる。

播磨麻兵衛（はりまおへえ）……元は伊賀の郷忍。すでに現役を退いて隠居。山路兵弥とともに、聡四郎の助をすることに。

中山出雲守時春（なかやまいずものかみときはる）……北町奉行。

大岡越前守忠相（おおおかえちぜんのかみただすけ）……南町奉行。

加納遠江守久通（かのうとおとうみのかみひさみち）……御側御用取次。

有馬兵庫頭氏倫（ありまひょうごのかみうじのり）……御側御用取次。

徳川吉宗（とくがわよしむね）…………徳川幕府第八代将軍。紅を養女にしたことから聡四郎にとって義理の父にあたる。聡四郎に諸国を回らせ、世の中を学ばせる。

藪田定八（やぶたじょうはち）…………御庭之者。

阪崎左兵衛尉（さかざきさひょうえのじょう）……目付。

二戸稲大夫（にへとうだゆう）…………奥右筆組頭。

遠藤湖夕（えんどうこゆう）…………御広敷伊賀者組頭。藤川義右衛門の脱退で、将軍吉宗によって、山里伊賀者組頭から御広敷に抜擢される。

藤川義右衛門（ふじかわぎえもん）………もと御広敷伊賀者組頭。聡四郎との確執から敵に回り、江戸の闇を次々に手に入れていた。聡四郎の愛娘を拐かしたことで、聡四郎たちや吉宗を激怒させ、結果、江戸を離れる。

鞘蔵（さやぞう）…………藤川義右衛門の配下。藤川義右衛門の誘いに乗って、御広敷伊賀者を抜けた。

惣目付臨検仕る

霹靂

第一章　独りの迷走

一

八代将軍徳川吉宗は、思いつきで行動するときがままあった。

「将軍家剣術指南役は、どうなっている」

「どうなっていると仰せられましても」

御側御用取次の加納遠江守が意味がわからずに困惑した。

「将軍家剣術指南役は、天下の師範である。すなわち天下最強でなければならぬ」

武家の頭領に剣術を指南するのだ。天下一等の名人でなければならなかった。

「馬術、騎射術の小笠原、歩射の吉田、どちらもなかなかのものだ」

吉宗が褒めた。

吉宗は紀州家の庶子だったころ、武術の鍛錬を好んでいた。日置流の弓術、大坪本流の馬術、奥山流剣術など、武の象徴にいたっては、それぞれ免許を与えられている。多少の忖度はあるだろうが、それでもなまなかな腕ではなかった。

「召し出せ」

そんな吉宗である。将軍就任の行事が一通り落ち着くなり、武芸師範たちを白書院に呼び出して、面談をした。

「一度、公方さまの技を拝見仕りたく存じまする」

小笠原、吉田の両家は、まず吉宗の実力を見たがった。

「どうぞ、道場へお越しくださいますよう。そこで誓紙をお入れくださいませ」

柳生は形式にこだわった。

「わかった。備前は下がってよい」

吉宗は柳生家の当主備前守俊方に退出を許可した。

「では、付いて参れ」

江戸城内には馬術、弓術の稽古場があった。三代将軍家光以来、正月の武術上覧以外で使われることはほとんどなくなっているが、いつでも将軍家の使用に応じられるように整備されている。

鷹狩りを始め、犬追うものなどを趣味としている吉宗は、弓をもっとも得手としている。

「……どうじゃ」

射場で八矢放ち終わった吉宗が、吉田に問うた。

「これは……」

見事に的の中央を貫いた吉宗の腕前に、吉田が息を呑んだ。

「お見事にございまする」

吉田が吉宗を褒めた。

「うむ」

「ただ、いささかお力任せに弦を引いておられるところもございまする。弓は腕の力だけでなく、胸で引くものにございますれば」

満足そうにうなずいた吉宗を吉田が指導した。

「ふむ。なれば、見せてみよ」

「畏れながら」

吉田が一礼して、片肌を脱いだ。

「………」

立射の構えを取った吉田が静かに弦を絞っていく。

「はっ」

溜めていた息を一気に吐くような気合いを口にした吉田の矢が放たれた。矢は見事に的の中心を射貫いただけでなく、その矢羽根まで食いこんでいた。

「はっ」

その結果を見ることなく、吉田が二の矢を隣の的に当てた。

「天晴れ、貫中久を見たり」

吉宗が大声で褒めそやした。

貫は鎧を身につけていても射貫く勢い、中は百発百中の正確さ、そして久とはそれを崩すことなく連射できる技をいう。

「かたじけなきお言葉」

弓術を伝える家の者として、将軍の賞賛ほど名誉なものはなかった。弓を背に回した戦場作法の姿勢を取って、吉田が頭を垂れた。

「次は小笠原平兵衛、頼む」

吉宗が馬術の師範を見た。

小笠原平兵衛常春は、四代将軍家綱から吉宗までじつに五代にわたって、馬術師範を務めてきた、天下に知られた名人であった。

「では、馬場までお運びを願いまする」

すでに老境に入っている小笠原平兵衛が、吉宗を先導した。

江戸城内の馬場は小伝馬町にある旗本が使う馬場に比べて規模は小さく、射場以上に閑散としていた。すでに将軍が騎乗でどうこうする時代は終わり、御成は駕籠が主となったからであった。

「ご愛馬を」

「ただちに」

厩番の御家人たちが、小笠原平兵衛の指図で吉宗の愛馬を連れてきた。

将軍は白馬に乗らない。鉄炮の発達した今、白馬のような目立つものは、狙ってください、ここに獲物がいますよと言っているに等しいからである。

もちろん、そういった虞れのない行事や日光参拝など、民に将軍の姿を見せつけねばならないときには白馬を使うが、普段召し馬にしているのは、どこにでもいそうな栗毛であった。

「お召しを」

「うむ」

小笠原平兵衛に促された吉宗がひらりと跨がった。

「お好きになされますよう」

「わかった」

吉宗が馬の腹を軽く蹴った。

いきなり全力で走らせれば、馬が足を痛める。狙撃されたなど緊急の場合はいたしかたないにしても、普段無理をさせる意味はなかった。

「……はあっ」

少し様子を見た吉宗が、馬を駆けさせた。

「よおおし」

吉宗が手綱を引いて愛馬を止めた。

「預ける。労ってやれ」

素早く駆け寄ってきた厩番に馬の手入れを命じて、吉宗が小笠原平兵衛のもとへ近づいた。

「いかがであるか」

「ご手練に感服仕りましてございまする」

小笠原平兵衛が、片膝を突いて吉宗を讃えた。

「なれど、馬術だけではなく、すべての武道に終わりはございませぬ。死すまでが修行とお心得くださいますように」

物怖じすることなく、小笠原平兵衛が言上した。

「教示、心に留めよう」

吉宗が進言を受け入れた。

「ところで、平兵衛。小笠原には騎射の技があると聞いている」

「ございまする」

確認した吉宗に、平兵衛が首肯した。

「見せよ」

「はっ」

指図を受けた小笠原平兵衛が片肌を脱いで、用意してあった馬に乗り、弓矢を手にした。

「参りまする」

並足から、素早く駆け足にもっていった小笠原平兵衛が、手綱から両手を離し、弓を引いた。

「一つ」

一の矢で最初の的を射貫き、

「二つ」

二の矢で次の的を割る。

「三つ」

さっと箙（えびら）から矢を補充して放ち、

「四つ」

流れるようにもう一矢を撃った。

「おおっ」

足で挟んだ馬体を思うように操り、急流のような勢いで矢を放つ。その様子に吉宗が歓喜した。

「さすがは平兵衛である。那須与一（なすのよいち）もかくやという腕前じゃ」

屋島（やしま）の戦いで揺れている舟の上の扇の要（かなめ）を射貫いたという伝説の名人の名前を出して、吉宗が平兵衛を褒めた。

「いささか、面（おも）はゆいことでございまする」

小笠原平兵衛が、赤面した。

「騎射は教えておるのか」

吉宗が問うた。

「いいえ。今の世に騎射は……」

うつむき加減になった小笠原平兵衛の声が沈んだ。

「鉄炮……か」

小さく吉宗が嘆息した。

あらゆる武術のなかで、吉宗がもっとも得意とするのが鉄炮であった。

「……はい」

小笠原平兵衛が、認めた。

弓と鉄炮では、その性質が根本から違っている。なにより、弓で五十間（約九一メートル）先の的を射貫くには、かなりの修行を積まなければならないのに対し、鉄炮は相性の問題もあるが、一年もあれば的をかするくらいにはなる。

なにより戦場での価値が違った。

鉄炮は高い。かつて天下を目前にして横死した織田信長は、最盛期五千丁を超える鉄炮を有していた。これは鉄炮発祥の地とされている南蛮諸国と比肩する数であり、とても他の大名では勝負にならなかった。

「鉄炮の数もそうだが、なによりそれだけそろえられる財力こそ、恐怖である」

少し目のある者ならば、鉄炮の威力よりもそれを維持できる金に驚く。鉄炮は本体はもちろん、消耗品である硝石(しょうせき)、弾に費用がかかった。輸入するしかなかった硝石が、その製法を手に入れたことで国産化でき、今はかなり安くなっている。とはいえ、一回の発射で少なくとも十文(もん)は飛ぶ。

ただ鉄炮には、他の武器すべてを凌駕(りょうが)する利点があった。女、子供でも扱える。引き金さえ引ければ、十歳の子供でも歴戦の武将を打ち倒すことができる。一人の武将を抱えることを思えば、鉄炮の百や二百安いものなのだ。

もちろん、弓には弓の利があった。熟練の者が扱えば、長弓は鉄炮より射程が長い。短弓を使えば、連射もはるかに速い。

しかし、鉄炮を上回るところまで腕を上げるには、相当な努力が要った。

「今どき、弓でもあるまいに」

「鉄炮なら足軽(あしがる)でも扱える」

乱世が終わり、武士の気概がなくなると、苦行(くぎょう)を避け、楽に走る。これは人としての本能に近い。

結果、騎射術は廃(すた)れた。

「たしかに鉄炮ならば、さらなる鍛錬は要らぬが、それは武士としてどうなのだ。徳川(とくがわ)家は旗本を遊ばせるために召し抱えているわけではない」

吉宗が腹を立てた。

「仰せの通りかと存じまする」

小笠原平兵衛が、同意した。

「平兵衛、今すぐとは言えぬが、近いうちに騎射術の復活を命じる。それまでの間、十全に準備をいたせ」

改革を旗印にして無駄を排除しようとしているときに、新たな役目の創設は意味の有無とはかかわりなく、反発を招く。

「はっ。かたじけなきお言葉でございまする」

騎射術の家元というか師範役に小笠原平兵衛は選ばれた。泰平の世ではあっても、将軍から認められることは旗本の誉(ほま)れである。

「さて、柳生だな」

吉宗は柳生備前守の待つ稽古場へと向かった。

将軍の剣術指南役は本来二流あった。一つはいうまでもない柳生新陰(しんかげ)流である。

柳生新陰流は、剣聖と讃えられた戦国武将上泉伊勢守信綱が編み出した新陰流を受け継いだものである。大和柳生の国人領主でもあった柳生宗矩を家康が召し出し、二代将軍秀忠の剣術手直し役として以降、代々将軍家剣術指南役を受け継いできた。

もう一家は小野次郎右衛門忠明の小野派一刀流であった。無刀で下手人の籠もる家屋へ入りこみ、剣術遣いとして知られてもいた浪人を討ったことで家康に召し抱えられた。

だが、柳生家が剣術を道具として利用して徳川家で居場所を生み出したのに比して、終生己が腕の鍛錬だけを考え続けた小野忠明は不遇であった。

「まだ斬りたらぬ」

二百人以上を斬ったと豪語する小野忠明が今際の際に遺したとされる言葉は、

「血腥い」

「天下人の師範としてふさわしからず」

将軍や幕閣に嫌われ、家督は息子忠常に認められたものの、剣術指南役の肩書きは飾りとされた。

将軍が教えを請わなければ、指南役は成り立たない。結果、小野家は番方の旗本として勤仕し、家禄を最初の二百石から八百石に増やしたが、将軍とのかかわりは失われてしまっている。

「待たせた」

「いえ」

道場の下座で控えていた柳生備前守が、吉宗の詫びに首を横に振った。

「早速ではございまするが、こちらを」

柳生備前守が吉宗の前まで膝行し、熊野牛王の誓紙を取り出した。

「誓紙か」

「ならわしでございますれば、こちらにご署名と花押を願いたく」

柳生備前守が要求した。

「なにが書いてある……剣術の修行に際し、柳生家を師として尊重し、その指示に従うこと。絶えず真摯で稽古に励むこと……」

書かれている内容を吉宗が読んだ。

「これに名を記せと」

「お願いをいたしまする」

確かめた吉宗に柳生備前守がもう一度要求した。

「その前に、まずそなたの腕を見たい」

「畏れながら、柳生の技は門外不出でございますれば、一門あるいは弟子にしか見せることはできませぬ」

柳生備前守が拒んだ。

「躬の命でもか」

「代々、お許しをいただいておりまする」

少し声を低くした吉宗にも、柳生備前守は応じなかった。

「さようであるか。ならば、今日のところは止めておこう」

吉宗は誓紙を柳生備前守に返した。

「公方さま、これは決まりごとでございまする」

柳生備前守が驚いた。

「少し、考える」

そう言い残して、吉宗が稽古場を後にした。

「よろしゅうございますので」

ずっと供をしてきた側役、有馬兵庫頭氏倫が後ろに従いながら懸念を見せた。

加納遠江守と有馬兵庫頭はともに吉宗が紀州藩主だったころからの側近であり、どちらも信頼が厚かった。

「馬術も弓術も誓紙など求めもしなかった。なぜ、剣術だけが特別なのだ」

「それはたしかに仰せの通りにございます」

吉宗の疑問に有馬兵庫頭も首をかしげた。

「将軍が誓紙を書く。ことの大きさを今まで誰も指摘しなかったのか」

将軍は天下を統べる者である。天皇以外に頭を垂れることがあってはならなかった。

「しかも、師として敬えだと。それでは柳生になにかあっても手出しできぬことになる」

幕府の根本たる儒学は、親と師、目上の者を大事にしろと教えている。

「取り潰せぬ家などあってはなりませぬ」

有馬兵庫頭も表情を固くした。

「技さえ見せず……ふむ」

「公方さま……」

憤りの最中に思案に入った吉宗に、有馬兵庫頭が頬をゆがめた。

「天下の剣術指南役なのだろう。ならば、その辺の旗本よりは強いはず」

「なにをお考えに……」

有馬兵庫頭が嫌な予感がするとばかりに、首を小さく横に振った。

「右衛門大尉にさせるか」

「まさかとは存じまするが……」

吉宗の命に有馬兵庫頭がおそるおそるといった風情で尋ねた。

「仕合よ」

にやりと吉宗が唇をゆがめた。

二

梅の間は将軍御休息の間より奥にある。

そこが惣目付の控え部屋となっていた。

といったところで、惣目付は聡四郎ただ一人、書付の作成や各役所との折衝をおこなうのも太田彦左衛門だけという有様であった。

「数をそろえたところで、役立たずは役立たずでしかない。なにより、馬鹿に権を持たせるなど、施政者として恥ずべきことである」

吉宗の考え方は、将軍親政と同じく一人にすべてを管轄させることであった。

「かたや罪を問うべし、かたや咎めるほどではなしでは、どこに足を置けばよいかわからなくなろう。一人で扱い、そして責を取る。その覚悟のない者に惣目付などできようはずもなし」

惣目付の権が大きいのは、責任を果たすだけの肚が要るからだと吉宗は宣した。

「それでは……」

老中たちが困惑した。

聡四郎は妻が吉宗の養女であるだけでなく、その引き立てで順調に立身してきた。ようは吉宗の腹心であり、その指図にそって働く。

それでは、つごうが悪い。

さすがに老中まで上がった者が、幕府の金で私腹を肥やしたり、権力を利用して領土を増やそうなどとはしない。

そのようなことをしなくても、老中には江戸に近い要所への移封と、数万石ていどの加増がなされるからであった。

では、なにを老中たちは求めているか。

「さすがは……」

「まことにすばらしい手腕」

他者からの称賛であった。

老中は幕府の政を担うのが役目である。

歴代の老中のなかには死して数十年経っても、いまだに尊敬を受けている者もいる。

「名執政」

知恵伊豆と讃えられた松平伊豆守信綱がその一例である。悪評だが下馬将軍と怖れられた四代将軍家綱の宿老、酒井雅楽頭忠清もいた。

老中たちの望みはそこにある。

そのためには、天下を感心させるだけの施策を施し、結果を出す。されど、将軍親政では叶わなかった。

「認めぬ」

どれだけ画期的であっても、吉宗が認めないかぎり、机上の空論になる。

「さすがは公方さま」

なにより将軍親政では、どのような良策でもどれほどの効果があろうとも、その成果はすべて吉宗のものとなる。

ようは老中はいるだけになってしまう。惣目付は老中よりもはるかに格下ながら、手柄が立てられる。

「天晴れなり」

しかも賞賛も称賛も受けられる。

さらに幕政だけではなく、天下の大名たちの内政さえ監察できる。譜代大名でもある老中たちが惣目付一人というのに、難色を示したのは当然であった。

「元禄の改鋳……」

梅の間で聡四郎が苦い顔をした。

「お気になさらず」

表情をなくした太田彦左衛門が応じた。

太田彦左衛門はもと勘定方であった。その太田彦左衛門に悲劇が訪れた。一人娘の婿が勘定奉行荻原近江守に反抗した。

金座常役だった婿は、荻原近江守の改鋳を非難、小判の質は下げるべきではないと主張した。

「御上に金がなさ過ぎる」

幕府の金と徳川の財産を分けることもなく浪費し続ける五代将軍綱吉、その実母桂昌院の求めに応じるには、もう他に手段がなかった荻原近江守は、太田彦左衛門の婿を謀殺(ぼうさつ)して口封じをした。

「……………」

夫の死を受けて太田彦左衛門の娘も衰弱、後を追った。

「このままでは……」

一人娘を失った太田彦左衛門は、荻原近江守に抵抗した。

「二人はまずい」

目付(めつけ)は愚かではない。婿、太田彦左衛門と続けて荻原近江守に逆らった者が重ねて変死すれば、目付は動く。

「腹を切らせよ」

金を用意せよと命じた綱吉だが、荻原近江守をかばってはくれない。儒教、とくに朱子学(しゅしがく)を学んできた綱吉にとって悪辣(あくらつ)な者は排除すべきであり、役に立つか立たないかはどうでもいいのだ。

「荻原近江守でなくとも、誰かが躬の求めを叶えるはずである」

綱吉は四代将軍家綱の弟という傍系から、本家を継いだ。それもすんなりとはいかなかった。一部には鎌倉の故事にならって、京から宮を迎えようとの意見もあった。

「三代将軍とそのお血筋である館林公しか大樹はおられぬ」

当時老中だった堀田備中守正俊が強硬に言い張り、なんとか綱吉は五代将軍になった。

「そなたの尽力、うれしく思う」

喜んだ綱吉は堀田備中守を大老に就けて、政を差配させた。

「おまえのせいで……」

その後、筑前守となった堀田正俊が殿中で若年寄稲葉石見守正休によって刺殺された。

唯一の味方を失った綱吉は苛烈になり、ささいなことで大名や旗本を咎めるようになった。

将軍の命は絶対である。

結果、綱吉は恐怖をまとった。

「母が祈願寺を欲しいと願っておる」

儒教の教えの一つに親への孝行がある。それをみょうな受け取りかたをした綱吉は桂昌院が後生を願って寺院を建立したがるのを認めた。

といったところで、どこに建てるかも費用にも興味がない。

「将軍の生母にふさわしいものにいたせ」

丸投げして終わりなのだ。

「任せる」

それを老中は若年寄あたりに押しつける。

老中は天下の政をおこなうものであり、徳川家の祈願寺や供養寺のような私は若年寄の任だからである。そして若年寄も下に丸投げする。

「普請奉行、公方さまのお指図である。かならずやふさわしいものにいたせ」

できあがったもののでき次第では、綱吉の怒りを買うことにもなる。

「承知仕りましてございまする」

普請奉行が緊張するのも当然であった。若年寄が咎められるようであれば、まちがいなく現場を取り仕切った己は改易になる。

「最高の材料と腕利きの職人を手配せよ」

材木屋、大工の棟梁などを呼びつけて普請奉行が命じる。

「お任せを」

そうなると現場のやりたい放題になる。

「熊野の檜、石見銀山の朱、伊勢の螺鈿……」

天下第一等の材料をふんだんに使い、

「日光の棟梁を、摂津の宮大工を」

名だたる職人を招く。

いうまでもなく、そうなると金が動く。

「なんじゃ、この金額は」

普段ならば、見積もりに普請奉行が口を出したり、勘定方が怒鳴りこんだりしてくるが、綱吉の要求となれば誰もなにも言えなくなった。

「儲かりますな」

金の動くところに商人は湧いて出る。

「材木は任せていただきましょう」

紀伊国屋文左衛門はもともと材木屋である。

「やりすぎるなよ」

荻原近江守と組んでいるだけに、確実に選定される。

「そのぶんが、お奉行さまの……」

言わずとも、そのあたりの呼吸はできている。

こうして寺院建立の値段は跳ねあがる。

新田開発や産業振興ではないため、遣った金は返ってこない。いずれ金を生み出すということもない。というより建ってからも、やれ法要じゃ、祈願じゃ、修繕じゃと金が湯水のように出ていく。

こうして幕府の金蔵(かねぐら)は空となり、それを補うため改鋳することになった。

「ときがなさすぎる」

出ていく以上に稼げばいい。

だが、そういった段階はすでに過ぎている。

荻原近江守の言い出した改鋳はまさに起死回生の良策に見えた。

「改鋳で小判は増える」

問題は、それを綱吉が知ってしまったということにあった。

改鋳はたしかに小判一枚を一枚半にすることができた。大ざっぱな計算ではあるが、千両が千五百両に、百万両が百五十万両に膨(ふく)れる。

しかし、改鋳にはいろいろな手順が要った。

まず、新しい小判の試作、その後旧小判の回収、そして新小判の鋳造。

「あずける」

綱吉はそのような手間を知らないし、考えたこともない。適当に命じるだけで、あとは順調な結果が報告されると信じている。

そして、それをさせるのは荻原近江守でなくてもいい。

誰もが綱吉を怖れたが、それも終わった。

六十四歳で綱吉が死去し、家宣が六代将軍の座に就いた。

それでめでたしめでたし、にはならなかった。

綱吉の影響が大きすぎた。

「同じまねをしてはならぬ」

「変えねばならぬ」

生類憐れみの令などの後始末をしなければならなかった家宣は、綱吉とは逆の幕府を目指した。

将軍親政という形は残そうとしながらも、新井白石、間部越前守詮房、松平侍従信庸、久世大和守重之らと合議して天下を治めた。

それでも家宣が長生きすれば、それなりに幕政は改革されたであろうが、心労からか五十一歳でこの世を去った。

さらに七代将軍家継は五歳、これで完全に将軍親政は終わりを告げ、一部の寵臣、老中による壟断が始まった。

天下は将軍ではなく、老中の合議で動く。

そこへ吉宗が登場し、またも将軍親政を始めると宣した。

「分家筋が生意気な」

老中たちは吉宗を軽く見ていた。

「天下を治める器量なし。徳川宗家は継ぐが大樹の座にはふさわしからず」

当初そう言って、将軍になることを拒んでいた吉宗なのだ。

「政は我らにお任せあって、公方さまは鷹狩りなどをお楽しみくだされば」

将軍親政など認めないと言った老中を、

「老中といえども家臣である。躬に従え、できぬとあれば職を辞せばよい。止めはせぬぞ」

あっさりと吉宗が捨てた。

「…………」

正論に老中たちは黙るしかなかった。

「このままでは、我らの名が老中を飾りにした愚か者として残りかねませぬ」

急変した吉宗に老中たちは焦った。

「些細なことでもご判断を仰ぐ」

吉宗を多忙に追い込み、とても将軍親政など無理だと分からせようとしたり、新たな障害として設置された御側御用取次役を排除しようともしたが、どれも徒労に終わった。

「小姓どもはなにをしている」

老中久世大和守が憤懣を口にした。

「どなたもお見えではございませぬ」

老中と奥右筆以外で、御用部屋に入れるお城坊主、御用部屋坊主が身を縮めて答えた。

「ええい。恩を忘れおって。誰のお陰で小姓組に引き立てられたと思っておるのだ」

久世大和守が吐き捨てた。

「落ち着かれよ、大和守どのよ」

「山城守どの」

なだめてきた戸田山城守忠真に久世大和守が少し気を落ち着かせた。

「小姓どもこそ、公方さまにもっとも多く接しておるのでござる。怖れて当然でございましょう」

戸田山城守が首を横に振った。

「ではございましょうが、我らが推薦したからこそ、小姓組に入れたのでござるぞ。その恩を返すは今でござろう」

ふたたび久世大和守の頭に血がのぼりかけた。

小姓番は書院番と並んで番方旗本の花形であった。将軍最後の盾として側に仕えることから、目に留まりやすく栄達が約束されており、まさに垂涎の的である。それだけに就任したい者は多く、よほどの名門でなければ老中や若年寄など有力者の引きがないと難しかった。

「小姓組で我らの引きを受けた者は、公方さまのご動向を報せてくるのが決まりでございますぞ」

久世大和守が不満を口にした。

老中を咎めることができるのは、将軍だけである。それだけに老中は絶えず将軍の考えを気にしていた。

とくに久世大和守や戸田山城守のように、先代将軍家継から吉宗へと代替わりしてもその座にしがみついた者は必死であった。なにせ、吉宗によって選ばれたわけではないからである。

「以前、小姓組頭が一人罷免されたであろう。あれがの」

戸田山城守も苦い顔を見せた。

御休息の間でのことを老中に報せていた小姓組頭が、吉宗の怒りに触れて職を免じられただけではなく、家格まで落とされた。

将軍から直接咎めを受けた者は、まず復活できなかった。

「そちの罪を許す」

吉宗が直接宥免したならばともかく、以降の将軍はよほどの気に入りでもないかぎり、そのまま放置する。なにせ許すということは、吉宗の怒りを否定することになり、さらにはその咎めが行き過ぎていたと天下に公表することになるからである。

少なくとも吉宗の血統が将軍であるかぎり、日陰者になった。

「やりようはございましょう。今までのように休みの日に屋敷を訪れるのではなく、ひそかに書状を遣わすとか」

まだ久世大和守の肚は収まらなかった。

「惣目付のこともそうじゃ。公方さまは我らをなんだと思っておられる。神君家康公でさえ、宿老衆には敬意を払われていたというに」

「…………」

久世大和守の言いぶんに戸田山城守が黙った。

「たしかに、いささか公方さまにもお考えをいただかねばならぬところもござる」

言いかた一つで、揚げ足を取られかねない。戸田山城守が慎重に言葉を選んで話し始めた。

「なれど、我らにも省みるべきところはございますぞ」

「省みる……」

「いかに先代公方さまがご幼君であらせられたとしても、今少し政などをお話しすべきでございました」

「申しあげたところでおわかりいただけぬではないか。それに間部越前守が間に入って、直接の言上を妨げておった」

戸田山城守の言う反省点に、久世大和守が反発した。

「傅役であったからの」

間部越前守は六代将軍家宣の寵愛深い能役者であったが、その引き立てによって七代将軍家継の傅役を任されていた。

言うまでもないことだが、天下の武家の頭領たる将軍に幼児が任じられるはずもないが、わずか五歳で家継は元服した。

元服した以上、傅役は不要になる。とはいえ、傅役は幼いころから仕え、支えてくれた家臣であり、信頼も厚い。通常は側用人などになって将軍政務の補佐をおこなうのだが、幼い家継が間部越前守を側からはなさなかったため、傅役のときと変わらない応対をしていた。

「公方さまを膝の上に抱いて、御休息の間上段に座するなど、分をわきまえぬにもほどがござる」

久世大和守が腹立たしげに言った。

「越前に任せる」

「はっ」

どのようなことを報告しても、家継の口から出る返答はそればかりであり、間部越前守も平然と従う。

「無駄じゃ」

家継からずっと離れることのなかった間部越前守に政の素養はない。老中たちが当たり障りのないことを報告するようになるのに、さほどのときはかからなかった。

家継のころから老中であった者たちは、将軍は飾りでいいと実際に経験してきた。

「紀州家のころと幕政を同じように考えられては困る」

吉宗は紀州藩主だったときに改革を断行し、藩財政を好転させた。

「一度の成功で今度もできると思われても……」

「天下の政はしくじったではすまぬ」

老中たちは吉宗の手腕を疑っていた。

「我らには天下を動かしてきた実績がある」

久世大和守が胸を張って自負した。

三

老中が自負しようとも、幕府に金がないことはたしかであった。

「定八」

「これに控えおりまする」

散策に庭へ出た体を取った吉宗の呼びかけに、ねずみ色のお仕着せを纏った御庭之者藪田定八が応じた。

「紀伊国屋文左衛門を存じておるな」

「はい」

　確かめた吉宗に藪田定八が首肯した。

「どこにおるかは掴んでおるか」

「いえ。申しわけございませぬ」

　問うた吉宗に、藪田定八が頭を垂れた。

「御庭之者の目でも見つからぬか」

「妻の居場所は把握しておりますが……」

「出入りも連絡もないと」

「さようでございまする」

　嘆息した吉宗に藪田定八が首を縦に振った。

「妻はどうしておる」

「長屋で一人住まいをいたしておりまする。出入りする者もほとんどございませぬ」

「贅沢をしてはおらぬか」

「まったく、そのような素振りは見受けられませぬ」

「かの豪商紀伊国屋文左衛門の妻が……」

吉宗が首をかしげた。

「ふむ。いずれ水城に行かせる。それによっては、見張りを解く」

「承知いたしましてございまする」

藪田定八が頭を下げた。

「紀伊国屋文左衛門の財は百万両を超えたという。その金はどこへいった」

不機嫌な顔で吉宗が述べた。

御広敷伊賀者は惣目付の支配になった。

本来は老中の指図によって、全国へ探索に出るが、聡四郎が御広敷用人であったときに、組頭であった藤川義右衛門と衝突、藤川義右衛門が聡四郎の殺害を謀るという大失態を犯して放逐されて以降、吉宗の指図で聡四郎の支配を受けるようになっていた。

「御広敷伊賀者、お玄関へ」

「はっ」

御広敷番頭が、御広敷伊賀者組頭遠藤湖夕に伝達した。

伊賀者は将軍や老中から指図を受けるとき、玄関で控えるのが決まりである。そこで地面に片膝を突き、左手で箒の柄を持ち、庭掃除の者が玄関に出てきた将軍、あるいは老中に敬意を表しているとの形を取って、密命を受けたわけではないとごまかす。

当然、みんな知っている。

あからさまに指摘して、将軍や老中の機嫌を損ねたくないから、黙っているだけであった。

「庭之者、控えおるか」

「はっ」

玄関の石畳の上で控えていた遠藤湖夕が、久世大和守の言葉に応じた。

「御用を命じる」

「……………」

より深く遠藤湖夕が頭を垂れた。

「惣目付の働きを見張れ」

「承りましてございまする」

隠密御用は理由の説明を求めたり、否やと返すことは許されていなかった。

「ご報告はどのように」

遠藤湖夕が尋ねた。

「前日の行動を翌朝、吾が屋敷にて聞く」

「お留守のおりは」

老中は四つ（午前十時ごろ）前に登城すると決まっているが、式日などの場合は五つ（午前八時ごろ）前に御用部屋に入っているときもある。

「そのときは、用人に伝えておけ」

「それはできかねまする。隠密御用は、公方さまあるいはご老中方以外、一切かかわることを認められておりませぬ」

「余がそれでよいと言っておる」

「決まりを破られると」

「破るのではない、融通を図るのだ。そなたもわざわざ余を探して報告するよりも、一度ですむであろうが」

「用人がおらなければ、門番にでよろしゅうございますな」

「なっ、門番などという身分軽き者は信用できぬであろうが」

久世大和守が反論した。

「わたくしからみれば、用人も信用できませせぬ」

「当家の用人であるぞ。代々の譜代で後には江戸家老になる者ぞ」

首を横に振った遠藤湖夕に久世大和守が怒った。

「用人であろうとも、陪臣でございますれば」

どれだけの大藩で数千石の禄を食んでいる者でも、徳川家から見れば陪臣でしかなく、直臣としては最下級の御広敷伊賀者より、身分は下になる。極論になるが、遠藤湖夕からすれば、用人も門番も同じであった。

「そなた、久世家を愚弄するか」

「決まりをお守りくださいませ」

老中の憤怒も遠藤湖夕にしてみれば、畏れ入るほどのものではなかった。

「探し出せ」

少し前、聡四郎の娘紬のことで吉宗に呼び出されて、その怒りを浴びたのだ。

久世大和守が激怒しても、気にならなかった。

「そなたでは話にならぬ。別の者を寄こせ」

「承知いたしましてございまする。しばし、お待ちを」

一礼して遠藤湖夕がそのまま後退し始めた。

「あとで思い知るがいい」

久世大和守が遠藤湖夕に捨て台詞を投げた。

「…………」

遠藤湖夕は顔色一つ変えることなく、そのまま消えた。

「…………」

半刻（約一時間）ほどで御用部屋に戻ってきた久世大和守は、誰が見ても不機嫌だとわかるほど顔を引き攣らせていた。

「大和守どの。いかがなされた」

戸田山城守が声をかけた。

「隠密御用を命じようといたしたところ、伊賀者がそれを拒んだのでござる」

「伊賀者が……それはあってはならぬことでござる」

久世大和守の話を聞いた戸田山城守が声を真剣なものに変えた。

「ご事情を伺っても」

他の老中も寄ってきた。

吉宗が紀州から腹心を連れてきて御庭之者を創設して以来、いや、六代将軍家宣のころから伊賀者を遣っての隠密御用は老中の専権事項になっていた。

そう、伊賀者は老中の手下となっている。

「詳細は申せませぬが……」

惣目付を見張れと命じたところを省いて、その報告の仕方についての遣り取りを久世大和守が語った。

「それは……」

他の老中が顔を見合わせた。

「御用がござれば」

吉宗によって老中に引きあげられた水野和泉守忠之が、そそくさと席へ戻った。

「……なんじゃ、あやつは」

同意をせず、意見も口にしない水野和泉守を久世大和守が不満げに見送った。

「大和守どのよ。さすがに今のはよろしくござらぬ」

戸田山城守が久世大和守をなだめた。

「どこがでござる」

「用人とはいえ、陪臣に隠密御用のことを報せるのは御法度でござる」

「老中の用人でございまするぞ」

久世大和守が反発した。

「誓紙は入れておりますかの、その用人は」

「……入れておりませぬ」

戸田山城守に問われた久世大和守が目をそらした。

将軍最後の盾の小姓、身の回りの雑用をこなす小納戸(こなんど)などと同じく、老中も職務上知り得たことを家族といえども口外することはしないとの誓紙を出している。当たり前だが、幕府へ出す誓紙に陪臣が加えられることはない。幕府にとって陪臣はいないのと同じなのだ。

「おわかりであろう。この場合、伊賀者はまちがっておらぬ」

諭すように戸田山城守が告げた。

「愚かしいまねをいたしました」

久世大和守がおとなしくなった。

「もう一度、伊賀者を……」

「お止めなされ」

ふたたび御用部屋を出ようとした久世大和守を戸田山城守が制した。

「なぜお止めなさる」

「信を失われた貴殿の指図など、伊賀者はまともに受けますまい」

「隠密御用でございまするぞ。伊賀者に否やは申せませぬ」

首を左右に振った戸田山城守に久世大和守が怪訝な顔をした。

「思い出されよ。大和守どのは御広敷伊賀者組頭に、そのままには捨て置かぬと言われた」

「……申しました」

久世大和守の顔色が悪くなった。

「言うことを聞かねばと、脅したも同然だとおわかりでござろう」

「…………」

「そのようなことを平然と言う者の命を唯々諾々とこなすとは思えませぬぞ」

黙った久世大和守に戸田山城守が止めを刺した。

「隠密御用で偽りを申せば、ただではすみませぬぞ」

「偽り……それはしますまい」

「ならば」

久世大和守が勢いづいた。

「ただし、すべてを話すとは限りませぬぞ」

「それは……」

戸田山城守に言われた久世大和守が息を呑んだ。

聡四郎の一日を見張れと命じられて、いつ登城して、お役目でどこへ行き、誰に会い、いつ屋敷に戻ったかを報告するのが基本ではあるが、これはいつ登城して、何刻ころに帰邸したかだけを報告するのでも偽りにはならない。

「足りぬだろう」

と問い詰めたところで、

「間違いございませぬ」

と応じられれば、そこまでなのだ。

「むうう」

理解した久世大和守がうなった。

「隠密御用の内容を教えてくだされば、拙者が代わって御広敷伊賀者に命じてもかまいませぬが」

「いや、さほどのことではございませぬので」

いくら同じく吉宗の圧迫にさらされている仲間だとはいえ、老中が惣目付を疑っていることを教えるわけにはいかなかった。

「遠慮せずともよろしいのだがの。隠密御用はよほどでなければ、なされるものではなかろうに」

戸田山城守が粘った。

「お気遣いに感謝をいたしまするが、こればかりは……」

「さようでござるか」

重ねて断るとようやく戸田山城守があきらめてくれた。

「では、御用に戻りましょうぞ」

戸田山城守が自席に腰を下ろした。

四

目付部屋の雰囲気は悪くなっていた。

病気療養は諸刃の剣であった。

たしかに病気となれば堂々と休めるが、同時に身体が弱くては役目に耐えられないと言っていることでもある。

「監察が登城できずに務まるか」

吉宗に罷免の口実を与える。

「意味はあった」

咎められる前にと、数日で目付たちは登城を再開した。

「なぜ、拙者が参加してはならぬのだ」

花岡琢磨（はなおかたくま）が、他の目付に苦情を述べた。

「そなたは我らの同役ではない」

阪崎左兵衛尉（さかざきさひょうえのじょう）が冷たく返した。

「罷免された覚えはないが」

「惣目付の犬など、目付の風上にも置けぬわ」

他の目付が言い放った。

「……ほう、覚悟の上のことだろうな」

武士を犬と呼ぶのは最大の侮辱である。花岡琢磨が声を低くした。

「……筑摩氏（ちくまうじ）」

さすがに公明正大を旨（むね）とする目付が、使っていい言葉ではなかった。

「言葉が過ぎた。取り消そう」

阪崎左兵衛尉に咎められた筑摩という目付が手を振った。

「詫びる気はないのだな」

取り消すだけで、頭の一つも下げない筑摩に花岡琢磨が睨んだ。

「病気療養の中断といい、つごうのよいことよな」

「さて、入れ札はよろしかろうか」

花岡琢磨を無視して阪崎左兵衛尉が残り七人の目付たちに確認した。

目付は欠員補充に独特のやり方をしていた。他の役目が、上役や小普請組支配からの推挙で補充するのに対し、目付は公平を期すということで同僚による入れ札で新たな者を選んだ。

その入れ札から花岡琢磨は省かれた。

「待て、認められぬぞ」

「仲間を売った者がなにを申すか」

「刑部どのは、上意討ちとなったのだぞ。あのとき、そなたも同意していれば、目付の総意となり、いかに公方さまでも刑部どのを罰することはできなかった」

抵抗する花岡琢磨に、氷のような目が向けられた。

「……愚かなことを」

その様子に花岡琢磨が首を横に振った。

「いつまで目付が格別だと思いこんでいる。公方さまから見れば、我らの江戸城の門番である甲賀組与力も同じ家臣に過ぎぬのだぞ」

「ふん、我らは今の公方さまの臣ではない。御上の監察である」

阪崎左兵衛尉が宣した。

「……………」

花岡琢磨が無言で席を立った。

「気をつけることだ。目付も目付によって咎められるものであるぞ」

目付部屋を出ようとした花岡琢磨に阪崎左兵衛尉が声をかけた。

「さっさと辞任するべきだぞ。そうすれば、今までの誼で見逃してくれる」

勝ち誇った顔で筑摩が続いた。

「……………」

ちらと目をやっただけで、花岡琢磨はなにも言わなかった。

目付部屋を出た花岡琢磨は、その足で梅の間へと向かった。

「御免」

「どなたかの」

惣目付の事務方というか、雑用一切を引き受けている太田彦左衛門が誰何した。

「目付花岡琢磨でござる。惣目付さまにお目にかかりたい」

「それは失礼をいたしましてございまする」

急いで太田彦左衛門が襖を開けた。

「水城さまはお役目で出ておられまするが、お待ちになりまするか」

太田彦左衛門が聡四郎の留守を告げて、一度帰るかどうかを訊いた。

「待たせてもらいたい」

花岡琢磨が要望した。

「では、どうぞ、なかへ」

太田彦左衛門が花岡琢磨を招き入れた。

「拝領のお茶でございまする」

何一つなかった惣目付の役部屋に、吉宗が気を遣ってくれたものである。粗茶と言うのは、幕府を軽視することにも繫がった。

「かたじけなし」

目付は湯茶の接待も受けないとされているが、拝領のお茶を拒むことはできなかった。

「失礼して、お役目に戻らせていただきまする」

一人しかいないのだ。事務の仕事は山のようにある。なにせ惣目付の管轄は、幕府、いや天下のすべてに及ぶ。

「お気になさらず」

花岡琢磨がうなずいた。

目付は寡黙も任のようなものであった。

雄弁であるべきは、咎人を取り調べるときだけでいい。それ以外で余分な口を開けば、役目の秘事が漏れかねない。

仕事に熱中する太田彦左衛門と黙っている花岡琢磨、梅の間は誰もいないと思われるほど静かであった。

「おるか」

声がかかるよりも早く、襖が引き開けられた。

「公方さま」

「な、なんと」

少し慣れた太田彦左衛門はすぐに筆を置き、花岡琢磨は驚愕で固まった。

「右衛門大尉はどうした」

「御広敷伊賀者詰め所まで出向いておりまする」

吉宗に問われた太田彦左衛門が答えた。

「ならば、すぐに戻るな」

「かと存じまする」

確かめるような吉宗に太田彦左衛門が首肯した。

「ならば、顔を出せと伝えよ」

「承知仕りましてございまする」

太田彦左衛門が吉宗の伝言を預かった。

「……目付の花岡であったな。なぜここにおる」

ついと吉宗が太田彦左衛門から、花岡琢磨に目を移した。

「畏れ入りまする。直答(じきとう)をお許しいただきますよう」

「躬が問うたのである」

花岡琢磨の求めを吉宗が認めた。

「恥ずかしい話ながら……」

目付部屋でのことを花岡琢磨が告げた。

「ほう」

すっと吉宗の目が細くなった。

「あのとき、躬はそなたに目付の後始末を任せたはずだが」

「他の目付はあいかわらず公方さまではなく、御上のもとにあるとうそぶいており

ます る」

「話にならぬ」

吉宗があきれた。

「そして欠けた刑部の後任に新たな目付を選ぼうとしておるのだな」

「はい」

「選ばれた者は、目付たちに感謝し、そちらに付くか」

「それはわかりませぬ。目付に染まっておらぬだけに、公方さまのご威光を怖れるやもしれませぬ」

吉宗の言葉に、花岡琢磨がわからないと応じた。

「なるほどの。で、新たな目付は、躬が任じるのか」

幕府の役人は、就任、離任のとき、将軍に挨拶をする。もちろん、重要な役目で諸大夫以上でなければ、組頭や支配頭への顔見せになる。

目付は将軍に御目見得できる布衣格になるので、当然新任は吉宗へ謁見する。

当たり前のことだが、将軍の居室である御休息の間や政務を執る御座の間ではおこなわれず、老中や若年寄、高家など幕政の枢要を成す役目だと白書院や黒書院、それ以外は書院廊下や、大廊下になった。

「……そうはならぬかと」

花岡琢磨が言いにくそうに目を伏せた。

「申せ」

ものごとは明快でなければ、気に入らない吉宗である。花岡琢磨を睨むようにして、命じた。

「わたくし以外の目付は御上に属する者と申しました」

「躬に礼など不要か」

吉宗が口角を吊り上げた。

「奥右筆を呼んで参れ」

「ただちに」

太田彦左衛門がすぐに梅の間を出ていった。

「花岡であったな、そなたは」

「さようにございまする」

あらためて確認された花岡琢磨が頭（こうべ）を垂れた。

「なぜ目付部屋から逃げ出した。そちに目付部屋の再構築を命じたはずだが」

吉宗が厳しい質問を投げかけてきた。

「逃げた……話にならぬ相手を説得するのは無駄な労力と考え、新たな目付にふさわしい人材の選任に、惣目付さまのお考えもお伺いいたしたほうがよいかと」

「右衛門大尉の手伝いをか」

花岡琢磨の説明に吉宗が興味を見せた。

「徒目付、小人目付は惣目付さまの下に付きましてございまする」

小さく嘆息した花岡琢磨が続けた。

「現状、目付は下僚を失った状態にあり、なにもできませぬ。ならばその間に新たな目付のありようを定めておくべきだと思案つかまつりまして」

「城中巡回くらいはできよう」

花岡琢磨の意見に吉宗が怪訝な表情を浮かべた。

「回るだけでよろしいと」

「法度を犯す者、礼法をないがしろにする者などを捕縛するくらいはできよう」

みょうな念押しをしてくる花岡琢磨に吉宗が戸惑った。

「目付は、旗本のなかの旗本。武士の矜持の固まりでございまする。その目付が捕縛などという下僚がなすべき不浄なまねをすると」

武士は武士と戦って、正々堂々と勝って褒賞を得る。戦国のころから続く心得であった。

「馬鹿としか言えぬの」

大きなため息を吉宗が吐いた。

「武士の起こりは、荘園を襲う野盗どもを退治することからだぞ。それを不浄として忌避するなど、みずから武士ではないと言っておるも同じじゃ」

「恥じ入りまする」

花岡琢磨が身を小さくした。

「吾が手を汚さず、城中ならば徒目付、城下や地方見廻りのときは小人目付に捕縛をさせておりました」

「心得違いをあらためたのだな」

「はい。目付は公方さまの目、どのような些細なことでも見逃さず、己の手で差配し、お咎めについては公方さまにお預けするものと、ようやく思い至りましてございまする」

訊かれた花岡琢磨が答えた。

「いささか遅すぎるが、よかろう」

吉宗がうなずいた。

「八人の愚か者より、気づいた一人が役に立つ」

「畏れ入りまする」

認められたことになる花岡琢磨が平伏した。

「公方さま、奥右筆を連れて参りましてございまする」

太田彦左衛門が戻ってきた。

「大儀。そなた名は」

使者を務めた太田彦左衛門を一言ねぎらってから、吉宗が奥右筆に名前を尋ねた。

「奥右筆補任掛をいたしておりまする月潟にございまする」

「月潟か。覚えた」

「かたじけなきこと」

将軍に名前を覚えられることは、旗本一代の栄誉であった。

「月潟、いや、奥右筆どもに下知いたす」

「…………」

通常は老中や若年寄などが差配するため、将軍から直接指示が出されることはほとんどなかった。

月潟が身体を二つに折った。

「目付からの補任届を受け取ること相ならず」

「……ははっ」

一瞬、戸惑った月潟が応じた。当たり前だが、理由を問うような無礼はできなかった。

「下がってよい」

「はっ」

月潟が梅の間を去った。

「…………」

吉宗の発意を理解した太田彦左衛門と花岡琢磨が絶句した。

「さて、花岡」

「はい」

振り向いた吉宗に、花岡琢磨が姿勢を正した。

「目付の任を解く」

「……はい」

詰まりながらも、花岡琢磨が受け入れた。

「あらたに惣目付支配方を仰せつける」

「惣目付支配方……」

花岡琢磨が呆然とした。

「惣目付の補佐役だと思え」

「補佐でございまするか」

吉宗の言葉に花岡琢磨が困惑した。

「右衛門大尉が手が足りぬと文句を申しておったからの。増員してくれた」

「では、惣目付さまのお手伝いをいたせば」

「それでよい」

確認した花岡琢磨に、吉宗がうなずいた。

「目付の選任はいかがいたしましょう」

「躬が選ぶ。直任となれば愚かなまねはすまい」

選任のことについて尋ねた花岡琢磨に吉宗が告げた。

「よし。これでよし」

立ったままであった吉宗が、踵を返した。

「……ああ、花岡」

梅の間を出かかったところで、吉宗が首を回して、花岡琢磨を見た。

「惣目付支配方は、目付の上席といたす。今より、外記と名乗るがよい」

「畏れ多いことでございまする」

「いずれ惣目付は不要となる、いや不要にならねばならぬ。それまで働け。遠国奉行への転任はそれからじゃ」

名乗りを与えられた花岡琢磨が額を畳にこすりつけた。

第二章　権威と慣例

一

　奥右筆は綱吉の意向で、幕府、すなわち天下の政を把握している。一応、創設されるまでの、表右筆が扱っていた書付も管理しているが完全ではない。その代わり、綱吉以降のものは、すべて奥右筆の手元にあった。

「犬小屋について、すべてを調べあげよ」

「常憲院さまの御世のことでございましょうや」

綱吉の法名を出して、奥右筆が確認してきた。

「さようである」

吉宗の指示を伝えにきた加納遠江守が首肯した。

「承知いたしました。三日ほどご猶予をちょうだいいたしたく」

奥右筆が時間をくれと願った。

「公方さまのお求めである。三日はよいが、それ以上となるとご機嫌を損ねることになりかねぬ」

「肝に銘じまする」

吉宗の苛烈さは誰もが知るところだけに、奥右筆も真剣な表情で応じた。

「あらためて言うまでもないが、決して他の者には知られぬように」

「同僚の者どもはいかがいたしましょう。わたくしが一人役目を離れるとなりますると、かならず問いただされるかと」

念を押した加納遠江守に、奥右筆が懸念を表した。

「……たしかにの」

少し思案した加納遠江守がうなずいた。

「なれば、同役の者のみ話すことを許す。ただし、問われたときだけである」

「かたじけのうございまする」

奥右筆が礼を述べた。

幕政における書付を扱うだけに、奥右筆の口は堅い。しかし、老中たちと話をする機会が多いこともあり、取りこまれてしまう者もいる。

かつて綱吉が、老中たちに対抗するための手段として設けた奥右筆であったが、その後の経緯が悪かった。

綱吉の跡を継いだ六代将軍家宣は、儒学者新井白石を重用して政に取り組もうとしたが、わずか三年で死去、生類憐れみの令の後始末をするだけに終わった。

さらに七代将軍となった家宣の嫡子家継はまだ五歳という幼さであり、とても政に口を出すことはできなかった。

結果、老中たちが復権、幕政はふたたび執政衆に壟断されることになった。

「執政どもに立ち向かう」

慣例、前例を知り尽くし、老中たちが提案する施策に、

「そのような前例はございませぬ」

「すでに一度公方さまによって却下されたものと同じかと」

抵抗できるはずだった奥右筆も、将軍という後ろ盾がなければ弱い。

「お役目を外されたいか」

「墨磨りごときが、執政に抗うか」

老中から脅されれば、五百石ほどの旗本は弱い。

いつの間にか奥右筆は老中の支配を受け入れるようになっていた。

「なにをしておるか」

それに怒りを覚えたのが、八代将軍となった吉宗であった。

幼児の家継には跡継ぎがいなかった。そして家継は病の床に伏し、明日をも知れぬ状況に陥っている。

将軍不在というのは、天下を揺るがすことがある。実際、三代将軍家光が死に、その嫡男家綱が四代将軍の座に就くまでの隙間に、天下転覆を謀った由井正雪の乱が起きた。すでに将軍家綱の誕生が決まっていたにもかかわらず、泰平を揺るがす大事件が起こったのだ。幸い、江戸での蜂起は訴人があったことで阻止されたとはいえ、老中たちを震撼させるには十分であった。

なにせ最高責任者である将軍がいないのだ。なにかあれば、老中が腹を切らなければならなくなる。

天下の執政、幕政の最高位たる老中といったところで、戦場を経験しているわけではなく、刀もまともに抜いたことなどない。

「大将たる者が、太刀を使うような状況になれば、その戦は負けである」

などとうそぶいて、剣術を始めとする武術を軽視する風潮が大名の間に広まってきている。

ようは、肚がない。

そんな連中が七代将軍の継嗣を早く決めたいと考えるのは当然であった。

幕府には初代徳川家康が設けた、本家に跡継ぎのないときのための予備として、尾張、紀伊、水戸という御三家があった。

もっとも水戸家は、紀伊家の同母弟を祖としていることから、将軍候補を出すのは他の二家にも男子がいないときに限られており、実質は尾張継友、紀伊吉宗の二人に絞られていた。

「家継、幼少につき天下の政に耐えかねるゆえ、次は尾張殿に託すべし」

死に瀕した六代将軍家宣の遺言を、家継の傅役間部越前守詮房、師範役新井白石が無視した。

「我ら側におる者がお支えすればこともなし。なによりも家継さまは家宣さまのご嫡子であらせられる。正当なお血筋こそ守られてしかるべし」

間部越前守詮房と新井白石の主張は、間違いではなかった。

なにより、すでに体制は家宣の臣たちによって作りあげられている。ここで他の所から将軍を招けば、家宣のもとで栄達していた者たちの未来はなくなってしまう。

結果、まともに書付さえ読めない将軍が誕生し、尾張徳川吉通は幻の七代将軍となった。

だが、もともと虚弱であった家継は、わずか三年で敢えなくなってしまった。

「今度こそ」

尾張藩士たちの期待は高かった。

家宣に天下を譲られたはずの尾張吉通は、家継が将軍となった年に亡くなっていた。さらにその跡を継いだ息子の五郎太も相次いで死亡、今は吉通の弟継友が藩主となっている。

「無茶を言うな」

藩士たちの願いを家老たちが断ち切った。

「そんな金はない」

尾張藩は六十二万石という大封を得ているうえに、そのほとんどが肥沃な農地であった。

実高も百万石を超えてはいたが、これはなにもない年のことであり、ひとたび長雨、大風などが来ると領内の河川が氾濫を起こしてしまい、すべてを押し流してしまう。

また、東海道が通っているものの旅人のほとんどは城下を通ることなく、宮から桑名へと海路を使って迂回している。結果、城下町は石高、規模の割に閑散として、活気に乏しい。

つまり、稔りは安定せず、城下に金は落ちない。

御三家尾張は、裕福とはいえない、いや、貧しい藩であった。

そこに吉通、五郎太の葬儀、五郎太と継友の襲封祝いが重なった。まさに逆さに振っても金は落ちてこない状態なのだ。

「猟官の金はなし、将軍就任の礼もできませぬぞ」

勘定方が強烈に反対した。

継友の評判は悪い。もともと家を継ぐなど夢のまた夢の十一男、しかも実母はあまり身分の高い側室ではなかった。

「飼い殺し」

藩内でそう陰口をたたかれていた継友は、わずかな捨て扶持とお付きの家臣数名を与えられただけで、歳頃となっても正室を迎えることは禁じられていた。

下手にそこそこの家から妻を娶り、男子が生まれでもしたら御家騒動のもとになる。尾張藩にとって継友の価値はないに等しかった。

その継友に家督が回った。

「やれ、めでたや」

五郎太が死んだ翌日、与えられていた屋敷にお付きの家臣、一族などを招いて派手な宴会を開き、

「不謹慎にもほどがござる」

幕府から尾張徳川家へ補佐として付けられていた家老竹腰山城守正武に叱られるという恥を晒したのを始め、飼い殺しにされていたときの反動か、目に付く女すべてに手を出す、気に入りの家臣を重用し、吉通時代の重臣を軽視するなど好き放題をした。

「天下人としてふさわしからず」

幕府の老中たちが眉をひそめたのも無理はなかった。

「御三家筆頭の尾張こそ、すなわち吾こそ将軍にふさわしい」

そんな誇りだけ高い継友のもとに家継重体の報せが届く。

「湯女の血を引くような紀州が将軍などおこがましい」

吉宗の実母が紀州徳川家二代当主光貞の湯屋番であったことを揶揄して下に見た継友は、八代将軍として吉宗が推挙されたことに不満を爆発させた。

「余は従わぬ」

継友は吉宗を否定した。

「尾張どののご納得も得られぬ余が将軍などとんでもない」

吉宗が老中たちの推挙を断った。

「なにとぞ、大樹の地位をお受けくださいますよう」

「ならば、徳川宗家は継ぐが将軍は尾張どのに」

頼みこむ老中に吉宗は条件を付けた。

「本家が分家に頭を下げるなどとんでもございませぬ。それこそ悪しき前例をつくることになりまする」

武士は血筋と家柄、そして格を大事にする。過去、本家が没落し、分家が守護大名の座に就いたり、幕府の重要な役を受けたりといったことはあった。それこそ、乱世では分家の家臣になった本家もある。しかし、秩序を天下泰平の基礎としている徳川幕府は、そのような一種の下剋上のようなまねを認めるわけにはいかなかった。

吉宗の案を老中たちが否定した。

「なれば、一同の誓紙をいただければ、重き任なれど将軍となろう」

将軍になる条件を吉宗は出し、

「無論のことでございまする」

老中たちが誓紙に花押を入れた。

「ふん」

これこそ吉宗の策であった。

「吉宗さまの意に従い、異論を唱えず」

老中たちの誓紙があれば、吉宗はなんでも好きにできる。

「そのようなこと、とても承知いたしかねまする」

吉宗の倹約を否定した老中を、

「長く大儀であった。役目を解く。ゆっくりと休むがよい」

罷免できる。

「無茶を……」

抵抗しようにも、吉宗の手元には自らが出した誓紙がある。

「無効でござる」

これは老中として、口が裂けても言えなかった。

執政が一度誓ったことを無にする。それは天下の執政が信用できないと自ら言っていることになるからであった。

「お役目を辞したく」

このまま唯々諾々として吉宗に従うのをよしとしなかった老中は辞任した。

老中でさえ、吉宗の前に敗退したのだ。奥右筆など敵ではない。

「このようなお指図が」

しかし、全員が信服したわけではなかった。

面従腹背の輩は、いつの時代も、どこにでもいる。

そのことを吉宗はよくわかっていた。

「では」

「ああ、待て」

一礼して下がろうとした奥右筆を加納遠江守が止めた。

「まだなにか、ございましょうか」

奥右筆が礼儀として座り直した。

「老婆心とはわかっておるがの、公方さまはお厳しいお方である」

「承知いたしておりまする」

同じ注意を二度した加納遠江守に、奥右筆が怪訝な顔をした。

「万が一、ことが漏れたとわかったとき、奥右筆が無事であるとは思わぬことだ」

「……それはっ」

奥右筆が息を呑んだ。

「誰が漏らしたなどかかわりはない。詮議する意味もない。愚か者が罰せられるのは当たり前である。それを越えてこそ、一罰百戒はなる。公方さまはこのようにお考えであられる」

連座させると吉宗は言っている、そう加納遠江守は伝えた。

「わ、わかりましてございまする」

宣された奥右筆が震えあがった。

二

水城聡四郎の妻紅(あかね)の出自は町人であった。

江戸城出入りの口入れ屋相模(さがみ)屋伝兵衛(でんひょうえ)の一人娘として、職人たちの様子を見にいったところで聡四郎と出会い、紆余曲折(うよきょくせつ)を経て夫婦となった。

「身分違い」

目見得のできない御家人なら、町人の娘を妻とすることはさほど難事ではないが、目見得以上の旗本となるとなかなかそうはいかなかった。

もちろん、無理ではなかった。町人の娘の出自を粉飾してしまえばいい。

といったところで、いきなり町人の娘を旗本の養女にはできない。最初に御家人の養女として武士階級に身上げし、そこから二百石ていどのぎりぎり旗本の家へ籍を転じ、最後に嫁入りする家と同格に近い旗本の娘として系譜に加えてもらう。

ここまでしてようやく町人の娘は、旗本の妻になれる。

「町人の娘」

そこまでしても出自を知った者からは嫌な目で見られることは多い。

「卑(いや)しい女の血が入った者など……」

それは子供にも波及する。娘だと嫁入り先に苦労することになるし、男子でも正室の家柄が一段落ちる。

だが、聡四郎と紅の間に生まれた紬は違った。

「ぜひとも婚姻を」

「当家の嫡男の妻に……」

まだ襁褓(むつき)も取れていないのにもかかわらず、数千石の旗本家を始めとして両手の指ほどの家から求められていた。

というのも、

「躬の孫に等しい」

吉宗が紬を猶孫であると天下に表明したためであった。

これはまだ紀州徳川家の当主だった吉宗が、勘定吟味役であった聡四郎を手駒とすべく、その愛しき人であった紅を無理矢理養女としたことに原因があった。

紀州家の養女ならば旗本に嫁いでも不思議ではなく、紅の出自を知っている者でも御三家の養女に「町人上がり」と罵る者はまずいない。

ましてやその紀州家当主だった吉宗が八代将軍となった。これでもう陰口さえ叩けなくなった。

「躬の娘に不足があると申すのだな」

将軍に睨まれれば、武士としては終わりになる。大名ならば隠居、役人は辞任を覚悟しなければならなかった。

「孫である」

そんなところへ紅の産んだ紬を吉宗がかわいがった。

「好機なり」

大名、旗本が興奮したのも無理はなかった。

過去、将軍の娘はそのほとんどが、有力な大名のもとへ嫁いでいた。加賀前田家、備前池田家、越前松平家など、将軍家と縁を結ぶにふさわしい石高、格式を誇っている。それどころか、将軍の娘を正室として受け入れたお陰で、改易や減封などのおそれはまずなくなる。

そう考えた連中が、紬をなんとかして手に入れようと動き出した。

「当家の嫡子と婚姻の約束を……」

そう正式な使者を寄こして申しこんでくる者はまだいい。

「かすめ取って……」

赤子といえども女には、貞操という外聞が付きまとう。とくに名門武家となれば、貞操を疑われただけで自害して、潔白を証明しなければならない。そんなところに、誘拐なんぞされてしまえば、それこそ終わりである。

「当家でお預かりいたしまする」

婚姻まで預かるという名目で、取りこむのだ。

これも妙な話だが、婚約しただけで婚姻をなす前に片方が死去するなり、縁を破棄するなりしても、女は一度嫁いだとされる。

「拐かしである」

そう訴えても、娘の貞操は疑われたままになり、将来にわたって良縁は求められなくなってしまう。

結果、泣き寝入りする羽目になる。

事実、紬は一度もと伊賀者組頭だった藤川義右衛門によって連れ去られていた。幸い入江無手斎らの活躍で取り戻せた。

「ふざけたまねを」

このことは吉宗を激怒させた。

「役立たずめが」

助け出すどころか、場所さえ探し当てられなかった町奉行たちが、吉宗に叱り飛ばされたのは当然であった。

「噂をするだけでも、首が飛ぶ」

将軍が孫と言った赤子が掠われたなど、江戸町奉行所の恥である。その事実が表沙汰になれば、北町奉行中山出雲守時春、南町奉行大岡越前守忠相は重く咎められるし、町奉行所の与力、同心は放逐処分になる。

こうして紬の名誉は守られた。

もちろん、あったことは消せないので、知っている者は知っているが口にはしない。

「お娘御に不幸なことがござったと耳にいたしました」

だが、なかには愚かな者もいる。

「いかがでしょう、当家と縁を結んでは」

暗にそうしないと噂をまき散らすぞと含んでの要求を、目の前の武士がした。

主が留守の間に来た使者は、元服した嫡子がいれば嫡子が、いなければ用人が応対する。ただし、婚姻や養子縁組などの内々にかかわることは、用人ではなく家族でなければならなかった。

「客間へ」

嫡子のいない水城家では、聡四郎の留守は紅が取り仕切ることになっていた。

「ご用件は、それだけでございましょうや」

紅が念を押した。

「いかにも。我が殿におかれましては、貴家と格式をこえたお付き合いをと考えて……」

使者が滔々と語り始めた。

「ご口上は承りました」

いきなり来て娘を寄こせという無礼を働いた相手に、礼儀を尽くすつもりはない。紅が使者の話を遮った。

「なっ」

遮られた使者が顔色を変えた。

「お断りをいたしまする」

紅がきっぱりと告げた。

「なんと」

使者が理解できなかったように、聞き直した。

「娘はそちらさまに差しあげるつもりはないと申しました」

もう一度強い口調で紅が拒絶した。

「おわかりか、当家とのことを拒まれれば、こちらの娘御が卑しき者どもの手に落ちていたことが広まるやも知れませぬぞ」

使者が脅しにかかった。

「どうぞ」

「…………」

平然としている紅に使者が、一瞬毒気を抜かれた。

「ご縁がなくなりますぞ」

嫁に行けなくなるぞと使者がより直截な表現でもう一度脅した。

「ご存じないようでございますので、お話をいたしまするが、そもそも紬の嫁入りは、わたくしどもの自儘にできるものではございませぬ」

「どういうことか」

言葉遣いも忘れて使者が問うた。

「わたくしの義父、公方さまより、紬の輿入れ先は躬が決めるとの御諚をちょうだいいたしておりますれば」

「く、公方さまが……」

吉宗の名前に使者が震えあがった。

「貴家のお名前は公方さまにお伝えいたしましょう。かならずや、紬の嫁ぎ先としてご一考くださいましょう」

「そ、それには及びませぬ。いや、お邪魔いたしましてございまする。これにて失礼を」

蒼白になった使者が逃げるように帰っていった。

「はああ」

礼儀として玄関まで見送りに立った紅が、居室へ戻るなり大きなため息を吐いた。

「奥方さま」

紬をあやしていた袖が、紅に注意をうながした。

「わかっているわよ。千五百だっけ、取りのお旗本、その正室にはふさわしくないと言うのでしょ」

紅が嫌そうな顔をした。

「どこで誰が見ているかもわかりませぬ」

「屋敷のなかでしかしないわよ」

諫言してくる袖に、紅が膨れた。

「きっとでございますよ」

袖が念を押した。

「ああ、それにしても腹の立つ。あたしが町家の出だと馬鹿にして」

さきほどの使者の態度を紅が思い出した。

「たしかに、あれは少々いきすぎておりました」

袖も同意した。

「旦那さまのいないときを狙って、来るし」

紅が続けて不満を口にした。

「はい」

「旦那さまだと言いくるめられないから……女のあたしならば、弁舌でどうにでもなると思っているんでしょうねえ」

「馬鹿ですね」

紅の意見を聞いた袖が使者のことを一刀両断にした。

「町人ほど口での遣り合いには慣れているんだけどね。請負とか買いものとか」

紅の実家は口入れ稼業である。抱えている職人や女中をいつからいつまでどこに派遣して、どのような仕事をさせるかを取り決めるのが仕事である。そのなかには仕事外のことを求めてくる客への対処とか、最初に決めた給金を出さないときの対応も入っている。

「あんな仕事に金が出せるか」

「ちょっと尻を触っただけで騒ぎたてるなんて」

顧客のなかには端からたくらんでいる者もいる。

「ふざけるんじゃないよ。わかっていて最初にこの給金でと決めたはずだよ」

「尻を触られるとは、書いてないけど」

こういった連中と遣り合い、

「わかった」

と認めさせたり、

「今後は暖簾を潜らないでもらうよ」

派遣した人足や女中を引き取って、出入り禁止を言い渡したりもするのだ。

武士こそえらい、当家は名門だから気を遣って当たり前と思いこんでいるような大名家の使者など、いくら凄んでも怖くはない。

なにせ決して斬りつけては来ないとわかっている。

使者が他家の屋敷で刀を抜いて、その家の正室に斬りつけたら、経緯がどのようなものであろうとも、一方的に使者が悪くなる。主家を馬鹿にされたからという武家の無礼討ちも、女子供には通じない。

そして使者はその大名家を代表している。

「切腹、改易の沙汰を下す」

幕府は使者を咎めず、大名家を潰す。

もちろん、使者はその沙汰が下りる前に切腹しているが、咎めは個人ではなく、大名家へ下されるため、生け贄とはならない。

「いずれ漏れるとは思っていたけど……」

「早かったと」

愚痴る紅に紬が尋ねた。

「そうね。爆発からの火事もあったから、そっちに目が行くと思っていたのよ」

先ほどよりは小さいが、紅がまたも嘆息した。

「どこから漏れたとお考えでございましょう」

「……わからないわ」

紬の問いに紅が少し考えて首を横に振った。

「町奉行所の小者が探し回っておりました。そのとき、あちこちで訊いて回ったことでしょう。赤子を知らぬかと」

「口止めよりも前に、広まっていたのね」

紅が肩を落とした。

「仕方ないことだわ。紬になにかあるよりはましだもの」

「はい」

気をあらたにした紅に、紬が首肯した。

「それにしても、押さえつけるような、恩着せがましい顔を見せられるのは、もういい加減にして欲しいわ」

紅が三度目のため息を漏らした。

「お断りすればよろしいのでは。前触のない訪問は、断られても文句が言えますまい」

袖が助言した。

「それをしたところで、直前に前触を出してこられれば断りにくい」

苦く紅が頰をゆがめながら続けた。

「それも拒めばよいのではございませぬか。寸前の前触などふざけているとしか思えませせぬ」

「そうもいかないのよ。形だけだけど、前触をしたのに断られたことになるでしょう。実情は調べればすぐにわかることでも、こちらより先に非難できるのよ。それが旦那さまのお役目に障ることになっては……」

強硬な袖に紅が答えた。

「勝手な……」

「世のなかは、声の大きいほう、先に言い立てた者が勝つのよ。理不尽だけどね」

憤った紬に紅が告げた。

「もちろん、こちらが正しいから、すぐに向こうが引っ込むことにはなる。でも、数日はかかる。その間に悪評は広まってしまう」

紅が情けなさそうな表情を見せた。

「公方さまの寵臣扱いされている旦那さまには、偽りの悪評でも足を掬う理由になるのよ」

「お労しい、奥方さま」

紬が同情した。

「なんにせよ、紬は誰にもわたさない。もう二度とこの手のなかから出すものか」

紅の目の色が変わった。

三

惣目付は城中での宿直番はない。

江戸城諸門の門限とされる暮れ六つ（午後六時ごろ）前には、梅の間を出る。

「…………」

御休息の間の横を通過するときは、無言で気配を消す。

なかでは、まだ当直の御側御用取次を相手に、吉宗が政をおこなっている。それを邪魔するわけにはいかないので、帰宅の挨拶もしない。

「少しよろしいか」

常盤橋御門を出て、少し離れたところで聡四郎に声がかけられた。

「誰か」

すばやく大宮玄馬が反応し、声と聡四郎の間に割って入った。

「さすがでござるな」

声が大宮玄馬の動きに感心した。

「無礼であろう。顔も見せずに話しかけるなど」

聡四郎は声に向かって苦情を言いながらも、周囲に気を配っていた。

「これはご無礼を」

すっと武家屋敷と武家屋敷の隙間、辻から一人の侍が出てきた。

「何者であるか。余を惣目付水城右衛門大尉と知ってのことであろうな」

顔をさらけ出した侍に、聡四郎は見覚えがなかった。

「拙者多倉三郎兵衛と申す。とあるお方にお仕えいたしておる者」

「とあるとはどなたか」

多倉三郎兵衛と名乗った侍に、聡四郎がはっきりとしろと要求した。

「禁じられておりますゆえ、お許しを」

主の名前を告げることはできないと多倉三郎兵衛が答えた。

「どこの者かも言わず、惣目付に用は通らぬぞ」

聡四郎が厳しい声で返した。

「聞いていただかねば困りまする」

「そっちの都合に合わせねばならぬ理由はない」

きっぱりと聡四郎が拒んだ。

「惣目付の管轄から老中と若年寄、大坂城代、京都所司代を除外されたし」

聡四郎の断りを無視して、多倉三郎兵衛が述べた。

「行くぞ、玄馬」

「はっ」

向こうが気にしないのならば、こちらだけが合わせてやる意味もない。聡四郎は大宮玄馬を促して、屋敷へと身体を向けた。

「ご返答、いかが」

なんの反応もしない聡四郎に、多倉三郎兵衛の気配が少し乱れた。

「…………」

聡四郎は相手にせず、ゆっくりと進んだ。

「あまり使いたい手ではないのだが……」

そう言いながら、多倉三郎兵衛が右手を上げた。

「おう」

待ち構えていた侍が付近の辻から出てきた。すでに羽織を脱ぎ、襷掛けをしている。

「言うことを聞いてもらわぬと、不幸なことになる」

多倉三郎兵衛が近づいてきた。

「殿」

大宮玄馬が小声で聡四郎を呼んだ。

「ああ。このような連中が出てきて、周囲の屋敷が騒がない。ということは……」

聡四郎がうなずいた。

江戸城に近い門外には、老中や名門譜代、徳川一門大名の屋敷が建ち並んでいる。

場所柄、どこの屋敷も警戒が厳重であり、なにかあれば押っ取り刀で駆けつけてくる。

それがまったく静かであった。

「……すでに手は回しているということだ」

「それは結構でございまする」

主従二人が口の端を吊りあげた。

「あいにくだが、貴殿らがかなり遣うということは知っている。こちらも抜かりはない」

多倉三郎兵衛が手練れを集めたと告げた。

「玄馬、惣目付の職権をもって命じる。御上に手向かう者を退治せよ」

「承知」

惣目付、目付、徒目付など職分に違いはあるが、皆幕府の規律を正すのが職務である。その目付に手向かうのだ。斬り殺されても文句は言えなかった。

「堂々とな」

「はっ」

ただ、目付は公明正大でなければならない。そのため、奇襲や闇討ちはよろしくないとされている。

「一放流小太刀、大宮玄馬。参る」

名乗りをあげた大宮玄馬が突っこんだ。

「一放流、水城右衛門大尉。かかって来るがよい」

その場で太刀を抜き、一放流基本の構え、峰を右肩に載せて腰、膝、足首を軽く曲げる型を取った。

「かならず、二人以上でかかれ」

多倉三郎兵衛が一同に指示を出した。

「遅い」

小柄な大宮玄馬が、腰を落とし地を這うような形で前方の二人に襲いかかった。

「は、疾い」

「うわっ」

慌てた二人の間を通過しつつ、大宮玄馬が脇差を抜き打ちに振るった。

「ぐうう」

「膝、膝が」

臑と膝の上を斬られては二人の侍も立つことはできない。

「なっ」

「あわわ」

残った者たちが、仲間が倒れこむのを見て慌てた。

「馬鹿な、二人とも藩で五指に入る腕利きだぞ」

多倉三郎兵衛も顔色を変えた。

「………」

大宮玄馬が倒れている二人に無言で止めを刺した。

「なんということを」

「ひいっ」

六人の刺客が震えた。

「落ち着け、落ち着け」

急いで多倉三郎兵衛が一同を慰撫した。

「惣目付だけを討てばいいのだ。その従者を近づけねば簡単なこと。佐原、長島、鳥谷、三人で従者を押さえこめ。足留めだけすればいい」

「足留めならば」

「承知」

「任されよ」

命を懸けなくてよいと言われた三人が十分な間合いを空けながらも、大宮玄馬の前に立ち塞がった。

「残り三人で惣目付をやる」

「おう」

「なんじゃ、あの不細工な構えは」

多倉三郎兵衛の言葉に二人の刺客が元気づいた。

一放流は全身の力を刀身に集め、鎧武者を一撃で倒すために編み出された戦場剣術である。足腰はもちろん、背中の筋も動員するため、わずかに反る。その姿は、まるでお腹を突き出した蛙のように見える。

「人を斬ったことはないな」

見たことのない構えや武具ほど恐ろしい。どのような変化をするかわからないからである。聡四郎は実戦でそれを学んでいた。

「初めては、おまえだ。死ね」

構えを嘲笑した刺客が勢いこんで斬りかかってきた。

「ぬん」

一足一刀、一歩踏み出せば刀が届く間合いに入った刺客に聡四郎が一放流の太刀、雷閃（らいせん）を放った。

「…………」

右肩から左脇腹まで断ち割られた刺客が、声もなく死んだ。

「ひっ」

「……そんな」

もう一人の刺客と多倉三郎兵衛が呆然となった。

「……迂闊（うかつ）なり」

するすると滑るように近づいた聡四郎が、二人目を屠（ほふ）った。

「手伝うか」

「ご無用に願いまする」

血刀をぶら下げた聡四郎の問いに、大宮玄馬が首を横に振った。

「どうなった」

「わからん」

「多倉どのも……」

残った刺客の腰が引けた。

「ふっ」

息を抜くような気合いを吐いて、大宮玄馬が三人の包囲のなかへ突っこんだ。

「あっ」

「助け……」

「いやだあ」

最初の一人は声を漏らすだけしかできず、二人目は途中で絶句し、三人目は涙を流しながら死んだ。

「惣目付を敵に回したと知るがいい」

静かなままの屋敷へ聡四郎が凄んだ。

「いかがいたしましょう。町方に報せましょうか」

大宮玄馬が横たわっている刺客たちの後始末をどうするか問うた。

「黙って見ているだけでも味方だろう。それぐらい、させればいい」

聡四郎が辺りを見回しながら言った。

入江無手斎はようやく覚えるようになった違和感に安堵していた。

「少し左足が遅れる」

「そうだな」

一緒に旅をしている鍼医木村暇庵がうなずいた。

「身体を包んでいた薄皮が一枚剥がれたようなものだ」

「なんだそれは」

入江無手斎が首をかしげた。

「長く十分に使えていなかった身体というのは、積んできた経験を忘れる。そして、怪我や病が残っている間は、それのせいにしたり、気付かなかったりする。その段階をおぬしの身体は乗りこえたのよ」

「乗りこえた……治ったのではないのか」

「いかに剣術遣いが論外の身体を持っていたとしても、わずか数月も経たない間に、あれだけの怪我が治るか。それができるのは、神か魔王じゃ」

「神なんぞなりたくもないわ。魔王にならば堕ちてもかまわぬ。治るならばな」

入江無手斎が執念を目に浮かべた。

「……業の深いことよ」

木村暇庵が大きく嘆息した。

「人は業に生きるものよ。それが金のためであれ、女のためであれ、名誉のためであってもの」

「否定できぬわ」

入江無手斎の言葉に、木村暇庵が苦笑した。

「ふん」

木村暇庵が入江無手斎の顔をあらためて見た。

「もう付いてくるなと言いたそうじゃの」

「儂のことを魔王扱いしておきながら、他人の心を読むおぬしはなんなのだ。天狗か、あやかしか」

入江無手斎が飄々としている木村暇庵を睨んだ。

「人よ。ただ医術という蒙から抜け出せず、いまだ迷いながらも他人を治すという傲慢に溺れた業の固まりのな」

木村暇庵が己の両手を見つめた。

「奪った命を、救えなかった命を忘れられぬのか」

「千人殺して一人前と言われるのが医者じゃ。そのようなもの、悔いなんぞとうに捨てておるわ」

少し感情の籠もった声で問うた入江無手斎に木村暇庵が首を横に振った。

「なれば、なぜ手を見る」

「手はな、生まれたばかりの赤子でも握る。つまりはなにかを摑むためにあるのよ」

重ねて問うた入江無手斎に木村暇庵が掌(てのひら)を見ながら続けた。

「愚昧(ぐまい)が見るのは、摑み損ねた命。助けられなかったもの」

「他人の命を思って後悔するなど、まさに傲慢。人の生き死には神の範疇(はんちゅう)だぞ」

淡々と告げる木村暇庵に入江無手斎があきれた。

「医者とはな、神に逆らい続ける者でなければならぬ」

木村暇庵が遠い目をした。

「天寿なんぞ、くそくらえと思わねば医者なんぞやってられん。助けられなければ、ご寿命でございましたとか、不治の病でしたとか、手遅れとか、そんなことを口にする者に医術は語れぬ。助けてこそ、一日でも寿命を保たせてこそ医者と名乗れる」

「傲慢どころではないな」

入江無手斎が感心した。

「神仏に頼るなとは言わぬ。だが、それは患者とその家族の役目だ。医者が神仏に願うようになっては終わりよ」

ゆっくりと木村暇庵が掌を握った。

「だが、人は神にも悪鬼にもなれぬ。届かぬものは届かぬ。助けてみせると豪語しながら、どれだけの命がこの手からこぼれたか」

木村暇庵が入江無手斎へ顔を向けた。

「救おうとして失った。おぬしは葬ろうと考えて屠った。死なせた数では、愚昧が多いだろう」

「…………」

無言で入江無手斎が聞いた。

「極楽にいけるとは爪の先ほども思ってはおらぬが、愚昧とおぬしでは、どちらの業が深いかの」

「業の深さを競うときが来るとは思わなかったわ」

入江無手斎の表情が緩(ゆる)んだ。

「人は誰もが業を背負う。将軍さまであろうが、百姓であろうがな。ただ、己の業を数えないだけよ」

「将軍の業か。たしかに深そうだな」

吉宗の顔を入江無手斎が思いだした。

「知っているようじゃの」

木村暇庵が少し驚いた顔をした。

「弟子の義父、正確には弟子の嫁の義父での。何度かな」

「なんじゃ、そのよくわからん関係は」

入江無手斎の答えに木村暇庵が首をひねった。

「ようは何度か声をかけてもらったというところだな」

「剣術遣いなら、十分だな。為人(ひととなり)を知るには」

「医者ならもっとよくわかるだろう」

木村暇庵の言葉に入江無手斎が返した。

「医者は人を見ぬ。病を診るだけじゃ。患者の人柄なんぞ、治療になんの関係がある」

「言い切ったの。人を殺すのが趣味の者でも救うか」

「それが治療を望むならばな。患者が望んでもおらぬのに手を出すほど酔狂ではないわ」

「助けた途端に、おぬしに斬りかかってくるとわかっていてもか」

入江無手斎が意地の悪い質問をした。

「阿呆。そんなもん、肩を外してから治療するにきまっている。なぜ、人助けをしてこちらが殺されねばならぬ。両肩、両股関節を外せば……ああ、顎も外しておかぬと噛まれるな。それから治療すればいい」

「それは……死んだほうがましではないのか」

入江無手斎が木村暇庵をなんともいえない目で見た。

「ちゃんと後で入れてやるとも。片腕だけな。片腕が入れば、後は自力でどうにかなる」

「片腕と両足を入れて、顎を戻すのには、かなり手間と痛みが伴うな」

関節というのはそうそう外れないようにできている。それを外すのは容易でも、もとに戻すのは難しい。骨の形、筋肉の付きかたを考えて入れなければ、関節の骨を痛めることになりかねなかった。顎がそのいい例である。まっすぐに後ろへあるいは上へ押しこもうとしても、頭蓋骨の出っ張りが邪魔になり入らない。外れた顎は一度真下に引いてから、その状態で耳に向かって押しこむようにする。それを知らずに力任せにやると、骨が折れる。関節を外すだけというのは、殺すよりましで優しいように見えるが、相手の抵抗する力を奪うという点では同じでも、先のない死ではなく、生き延びた後も後遺症が残りかねない残酷な行為であった。

「恐ろしいことだ」

「殺すよりましだわ」

二人は剣呑な遺り取りをしながら、東海道をのぼって名古屋へと向かった。

四

藤川義右衛門は雇い入れた当間土佐ら甲賀者を連れて、名古屋の遊廓へと来ていた。

「酒も妓もちょっと後で頼む」

揚屋は幕初に大坂の新町遊廓で始まり、京、江戸、そして名古屋へと広まり、ちょっとした遊廓にはいくつもの見世が軒を並べていた。遊女屋の妓を揚屋に招いて、宴席をして床入りをする。遊女屋に直接揚がるより座敷代がかかるが、その代わり一人の妓が複数の客を取る「回し」と呼ばれる行為に遭うことなく遊べる。ようは一時、あるいは一夜、妓を独り占めできる。何人もの客の下で股を開かなくていい妓も揚屋に呼ばれるほうが楽なので、招いてくれた客を大事にする。小金があって、ちょっとまともな遊びをしたい客にとって揚屋は便利なところであった。

なにより揚屋は個室になっているため、他の客と顔を合わせることはまずない。

藤川義右衛門は、わざと中規模な揚屋を選んで登楼していた。

名のある揚屋だと、馴染み客が決まっているだけでなく、見世が客を選ぶため、まず一見の客は受け入れてくれないし、そこはなんとかなっても、なにかしでかされては見世の看板に傷が付くため、念入りに客のことを調べる。揚屋の男衆ていどの調査で尻尾を摑まれるような藤川義右衛門ではないが、それに気を回すだけでもうっとうしい。

金さえ払えば、客が誰でもいいという見世こそを藤川義右衛門は求め、あまり繁盛していない中規模の揚屋に席を極めた。

「こちらから呼ぶまで、誰も来ないようにな」

藤川義右衛門が男衆に小粒金を握らせた。

「へい。こいつはどうも」

遊廓ほど金が力を持つところはない。

男衆が喜んで下がっていった。

「わざわざここに来て密談か。寺ですませてもよいだろうに」

藤川義右衛門の宿は、名古屋城下を外れた寺町の裏手にある空き寺である。

甲賀者の頭をしている当間土佐が怪訝な顔をした。

「鞘蔵に聞かれたくない」

「……腹心であろうが」

当間土佐が少しだけ目を大きくした。

鞘蔵は藤川義右衛門が御広敷伊賀者から放逐されたときから、配下として付き従ってきた。聡四郎との戦にも加わり、ほとんど全滅した伊賀者のなかで、唯一生き残った熟練の術者でもある。なにより、江戸で大きな敗北をして逃げ出さなくてはならなくなったときにも、藤川義右衛門を裏切ることなく名古屋まで付いて来た。

まさに腹心、いや忠臣である。

その鞘蔵を外すと言われた当間土佐が驚くのも当然であった。

「腹心……役立たずだぞ」

藤川義右衛門が平然と言った。

「………………」

当間土佐が黙った。

「吾が求めているのは、吉宗を、水城聡四郎を仕留めること。そのために役立つかどうかが重要なのよ」

冷たく藤川義右衛門が告げた。

鞘蔵は藤川義右衛門が伊賀に助力を求めに行っている間に、名古屋での勢力拡大をするようにとの指図を受けていた。

しかし、江戸と名古屋の違いなどもあり、勢力拡大どころか、敵対する者を増やしてしまった。

「申しわけございませぬ」

鞘蔵は詫びたが、藤川義右衛門はそれを受け入れてはいなかった。

「で、なんだ」

話を当間土佐が戻した。

「名古屋を動かせるか」

「どういう意味だ。名古屋を江戸まで持っていけというならば、無理だと答えるしかないが」

「ふん」

当間土佐の冗談を藤川義右衛門が鼻で笑った。

「わかっているだろう。尾張徳川と将軍をいがみ合わせられるかと訊いている」

藤川義右衛門が感情を揺らすことなく述べた。

「今でもいがみ合っているが」

当間土佐が返した。

吉宗の出である紀州徳川家と尾張徳川家には深い因縁があった。

その始まりは、徳川家康が九男の義直より、十男の頼宣をかわいがったことにあった。

「義直に尾張を、頼宣に常陸を与える」

当初は義直が格上であり、波風はなかった。

それが頼宣の婚姻を機に変わった。

加藤清正の娘と婚姻をしたとき、

「祝いじゃ。駿河一国を治めるがよい」

家康が頼宣に己の隠居領であった駿河を譲った。

領地の石高としては名古屋のほうが多いし、官位も義直の右兵衛督のほうが頼宣の常陸介よりも格が高い。

だが、それらを吹き飛ばしてあまりあるのが、家康の隠居領の後継者という地位であった。

すでに将軍は秀忠に移っているとはいえ、家康こそ天下人である。その天下人が、隠居後も手放さなかった駿河一国と気に入りの家臣たちを頼宣に継がせると宣したのだ。

これは秀忠に次ぐ地位を頼宣に与えたに等しい。

「義直はどうでもいい」

極論はそうなる。

さらにそれを裏付けることを家康はやった。

風前の灯火だった豊臣家を、家康は存命中に消し去ることにした。

「梵鐘の銘で余を呪った」

「国家安康」「君臣豊楽」。国が安らかであり、君も臣も豊かで楽しい日々を送るというどこにでもある方広寺の梵鐘銘に家康が文句をつけた。

「儂の名を割って、早く死ぬように呪った」

国家安康のなかに家康という名前が分けられて入っている。これに家康は怒り、大坂の豊臣家を征伐する軍勢を起こした。

前天下人の息子と現天下人との争い。当たり前ながら、天下の兵を動員する戦になる。隠居した家康が総大将になることはよろしくない。討伐軍は将軍秀忠が率いることになった。

「武運を祈る」

家康は秀忠に、軍旗(いくさばた)を十一本贈った。そして、頼宣にも同じだけの旗を贈った

が、義直には七本しか贈らなかった。

つまり、家康は秀忠と頼宣を同格とし、義直を一段下にした。

「あまりでございまする」

この扱いに義直の生母が泣きわめき、

「こうすればよかろう」

辟易(へきえき)とした家康が義直に追加で四本の旗をくれた。

「……………」

数が揃った。それ以上の苦情は言えなかった。まだごねるならば、家康の怒りを買う。それが義直にどういった影響を与えるかなどは言わなくても分かる。

生母は黙った。

しかし、世間は話が終わったとは見なかった。

「頼宣さまが家康さまのお気に入り」

こうして義直は頼宣の後塵(こうじん)を拝することになった。

元和五年（一六一九）に頼宣は紀伊和歌山に転封となるが、恨みは残った。

「忘れぬぞ」

この遺恨は代々受け継がれてきた。

そんなところに七代将軍の問題が起こった。

「家継幼きをもって、天下を預けるにあたわず。よく尾張吉通どのに譲るべし」

死の床にあった六代将軍家宣は、そう側近に指示した。

「我らが誠心誠意お仕えいたしまする」

吉通に就任されては困る家継の傅役間部越前守詮房や新井白石が必死で説得したことでそれはならなかった。

「御三家で将軍にふさわしいのは尾張なり」

家宣の考えだけが一人歩きした。

だが、それもむなしく吉通が変死、跡継ぎの五郎太も三月ほどで後を追ったことで意味を失った。

「吾こそ尾張の当主である」

吉通の弟継友が尾張を継いだとき、将軍継嗣に名乗りを上げるだけの力を尾張は失っていた。結果、紀州家当主であった吉宗が八代将軍となった。

「簒奪者め」

十一男という、いてもいなくても変わらない状況から、兄、甥の死のおかげで藩主の座に就いた継友は、図に乗った。

「尾張の当主が将軍となるべきである」

家宣の言葉を拡大解釈した継友は、吉宗に逆らった。

「さっさと隠居して、余に天下を譲れ」

さすがに面と向かっては言わないが、それに近いことを継友は口にしている。

「相手にできぬわ」

吉宗は継友を放置した。

かかわっているほど、改革は遅れる。

「幕府百年のため」

このままでは徳川幕府が倒れる。そうすれば、ふたたび群雄割拠になる。それを避けるために、吉宗は無理を押し通して将軍となった。

「不要な者は捨てる」

藤川義右衛門はその一人であった。

「わかっておる。尾張が本家に不満を持っておることくらいはな。だが、それは尾張藩全体のものか」

「違うの」

問う藤川義右衛門に当間土佐が首を横に振った。

「多くの家臣は、このままでよいと考えているだろう」

当間土佐が言った。

継友を将軍にできれば、尾張藩士たちもその恩恵を受ける。

「尾張を幕府領に組み入れ、藩士たちは旗本にする」

知行は増えずとも、陪臣から旗本への立身は望める。

もともと御三家は本家が絶えたときに、宗家へ血を返すために創られた。

いわば、それだけが役目であった。

西国に対する押さえとか、豊臣に敵対したときの云々という名分なんぞは、付けたしでしかない。なにせ豊臣は滅び、西国大名に謀反を起こすだけの力はもうなくなった。たとえ起こしても大坂城を幕府は手にしている。天下すべての力を集めてようやく落とした堅城、それを破るのは西国大名だけでは難しい。紀州や尾張が直接戦う前に、ことは収まる。

「幕府に紀州藩士すべてを受け入れるだけの余力はない」

己とともに藩すべてを宗家に返すはずだったのを、改革の趣旨に反すると吉宗は判断。一門を養子として紀州藩主に据えて存続させ、藩士たちを直臣にはしなかった。やむをえない判断ではあったが、これも前例になった。

「藩主を将軍にしても、藩士たちは藩士のままとなれば、下手に動く気にはなるまい。それこそ幕府に謀反と取られてみろ、御三家とはいえ潰される」

かつて謀反の疑いで徳川家康の息子忠輝が改易にあっていた。御三家が特別だというのは甘えでしかなかった。

「人というのは変化を嫌うからな」

藤川義右衛門も同意した。

「尾張藩士五千を反将軍に染めるというのは、無理だな」

「うむ」

当間土佐が首肯した。

「となると尾張の藩主をそそのかすほうが確実だな」

「そう思う」

藤川義右衛門の言葉に当間土佐も首を縦に振った。

「男をそそのかすとなれば……」

「女だな」

当間土佐の笑いに藤川義右衛門がうなずいた。

「ただ、今のところこちらに駒はない」

藤川義右衛門はかつて京の闇を支配する利助の娘を妻としていたが、その縁などとうに切って捨てている。

「伊賀の郷には、女忍もおろう」

「……郷とは敵対している。でなければ、甲賀に足をはこぶことはない」

言われた藤川義右衛門が苦い顔をした。

「甲賀にもおろう」

「おらぬことはないのだがな。甲賀の女はあまり閨ごとを学ばぬのだ。甲賀は郷士だからな。娘には……な」

問いかけた藤川義右衛門に当間土佐はなんともいえない顔をした。

郷士とは侍身分を持つ百姓のようなものであった。普段は自前の田畑を耕し、敵が来たときは鍬から槍へと持ち替える。

戦国乱世のころ、伊賀は技を売ることで主君を持たず仕事ごとに雇い主を変えた。対して甲賀は近江の南に影響力を持つ六角氏の配下になることで、その庇護を受けつつ命をこなした。

言い換えれば、伊賀は職人、甲賀は武士なのだ。

甲賀のなかでも大きな勢力を持つ望月が出雲守、上田が土佐守などを僭称できたのも、強力な後ろ盾があったからである。

武家としての矜持が残るだけに、甲賀は女の貞操にもうるさい。娘を嫁に出すときに、女忍として閨ごとを学んでいたというのは、まずい。閨ごとは本を読んだだけ、話を聞いただけでは身につきにくく、実践を経験が重要になるからだ。

「無駄な誇りだな」

「節操なしよりもましだぞ」

嘲笑した藤川義右衛門に当間土佐が嫌味を返した。

「忍に節操が要るものか」

「そこは違うの」

伊賀と甲賀の姿勢の違いが表れた。

「まあ、ここで争っても無駄だ。なんとかして女忍を手にしたい」

「後家でよければ、甲賀にもおろうが……」

「……後家か。年増は困るぞ」

当間土佐の案に藤川義右衛門が二の足を踏んだ。

後家は夫を亡くした女のことであり、戦で男が死ぬ時代ではない今、若くしての死別は少ない。

「そこは任せよ」

「ふむ……」

胸を張った当間土佐に藤川義右衛門が思案した。

「わかった。任せよう」

藤川義右衛門が認めた。

「次だが……」

「そろそろ酒と妓を呼ばねば、不審がられるぞ」

議題を出そうとした藤川義右衛門を当間土佐が制した。

「むっ。そんなにときが経ったか」

「小半刻（約三十分）は超えた」

当間土佐があきれた。

「そうか。では残りは、また後だな」

「まだする気か」

今日中に話をすると言った藤川義右衛門に、当間土佐が驚いた。

「再々こういった機会を設けていては、怪しまれようが」

「たしかにそうだが……」

当間土佐が困惑した。

「翌朝まで妓が隣におるのだぞ」

揚屋まで来て妓を呼び、一度だけで満足する客などいない。いや、いないわけではないが、そういった客たちは中級ではなく上級の揚屋に揚がり、美しく教養もある妓を呼ぶ。酒を呑みながら話をしたり、囲碁を打ったり、詩歌、茶などを楽しむために来ている客なんぞ、中級ていどの揚屋に来るはずはなかった。

「二刻（約四時間）で、妓を寝かせろ。さすれば、翌朝まで話ができる」

藤川義右衛門が妓が気を失うほどやれと指図した。

「……はあ。久しぶりの脂粉を、楽しむこともできぬか」

当間土佐が嘆息した。

第三章　主君の誉れ

一

江戸の城下には、剣道場がひしめいていた。

なにせ江戸の人口は、参勤交代で出府（しゅっぷ）している者を含めると百万人に及ぶ。しかもその七割が旗本、御家人を含めた武家なのだ。

もちろん、そのすべてが剣術を学んでいるわけではない。

槍術、弓術、柔術、小具足（こぐそく）など武術には種類が多い。一人で二つ、三つの道場に通う者もいるが、そのように勤勉な者は少数である。

戦がなくなると、飛鳥（ひちょう）尽きて良弓（りょうきゅう）蔵（おさ）められ、狡兎（こうと）死して走狗（そうく）烹（に）らるのが、歴史の運命（さだめ）であった。

無用になったとはいえ、剣術は武家の表芸には違いなかった。

「なんの役にも立たぬ」

泰平の政に武は不要である。

「刀を振る暇があれば、算盤の一つでも弾け」

老中をはじめとする施政者の本音も武術を否定していた。

だが、本音と建て前は違う。なにせ、幕府は武で成り立ち、その武による威をもって天下を統べている。そして、その威が薄れたとき、幕府は倒される。

徳川幕府は足利幕府の末路を目の当たりにした徳川家康によって創設された。

「武こそ、幕府の誇りである」

家康は旗本、御家人たちに与える役目のうち、書院番や先手組など武を標榜する番方を、勘定方や遠国奉行などの役方より上席に置いた。

すでに時代遅れになった番方が、泰平の主役となる役方よりも形だけとはいえ重要だとしたのだ。

そして幕府の旗本、御家人を番方筋、役方筋と、家ごとに決めた。

いざ鎌倉というときに、駆けつけた旗本、御家人が算盤を手にしていては、話にならない。

当然、数は番方が多い。

活躍の場はまったくなく、役方のように五百俵から三千石の勘定奉行に出世するなどはない。

幕府が大きくなるにつれて増える役方は、よほど勉学不足か病弱でなければ家督を継ぐと同時になにかしらの役目が与えられる。家柄にふさわしいかふさわしくないかはあっても、小普請組である期間は短い。

出世しなければ、ずっと書院番、大番、先手組に居続ける。

つまり、席が空かない。

番方の定員は多い。いかに幕府が武を重視しているとはいえ、いつまでも戦時と同じだけの数を維持することは無駄でしかなかった。

結果、番方筋の者は、誇りを抱いたままであぶれる。

番方の旗本は小普請と同義であった。

「なんとか役目に……」

何もしていないに等しい小普請は禄が増えない。どころか江戸城の細かい修繕にかかわる費用を負担しなければならない。

百石につき一両。百石の収入は四十両に値するので、さほどの負担ではないともいえるが、それでも出費には違いない。

なにより無役は、幕府から役に立たないと札を貼られたも同然、まちがいなく恥であった。

「恥を知れ」

「出入りは遠慮していただこう」

長く小普請組にいれば、周囲の見る目も悪くなる。

「剣術を得手といたしております る」

「一刀流の折紙でござる」

小普請組の者は、月に三度から四度おこなわれる小普請支配との面談に出なければならなかった。

「ほう、弓術を学んでおるか。ちょうどよい。先手弓組に欠員が出ておってな」

小普請支配のもとには、各役目の組頭から欠員補充の要望が届けられている。その要望に応じるのが小普請支配の仕事であった。

そもそも欠員がまず出ない。だが、絶対ではないのだ。

番方の筋は代々番方、役方は子々孫々まで役方。

これが原則である。なかには番方から勘定方、役方から小姓番などに異動した者がいないわけではないが、それこそ百年で片手くらいの人数である。

だからこそ、番方の旗本で役目をと願う者は、武を磨く。

さらに町道場に町人が通うことが黙認されたことも大きい。

幕初、幕府は町人が武力を持つことを怖れたため、町道場への出入りは禁じられていた。

それも武家の気風が薄れるにつれて緩和されていった。

「旅路の安全のために」

街道筋が整備されたことで、商売人をはじめとする人の往来が増えた。となれば、そうした連中を獲物とする無頼、浪人、野盗の類いも出てくる。

最初は旅の間だけ、道中差と呼ばれる脇差を許した。

「慣れねば危ない」

太刀よりはましとはいえ、道中差も立派な刃物なのだ。抜き方をまちがえれば己の指を失うし、恐怖で振り回せば敵味方関係なく斬りつける。

「…………」

こうして町人の剣道場通いが黙認された。

「おもしろい」

「強くなったぞ」

道場に通えば、身体は鍛えられ、技も覚える。

町人のなかから剣術に興味を持つ者が出てきたのも当然であった。

「女にもてる」

強ければ女が寄ってくる。

「剣術でもやるか」

不純な動機で学ぶ者も出てくる。

需要が増えれば供給は増える。

「町人くらいならば、教えられるだろう」

そこへ浪人が入りこんだ。

浪人は主君を失った武士のことをいい、身分としては町人になる。

「いずれ、仕官をしてみせようぞ」

浪人は武士として生きることしかできなかった。

少し目鼻の利く者ならば、浪人になったすぐ後、帰農するなり、どこぞへ奉公するなりして、少なくともその日食えるようにする。それができない者たちが、いずれ仕官の道もあるだろうとの夢から離れられず、無為徒食(むいとしょく)に堕ちる。

そういった連中にとって、町人相手とはいえ、武士の表芸を仕事にするのはちょうどよかった。

「さあ、構えよ」

いくら武芸をまともにしていなくても、刀の持ち方、振り方くらいはわかっている。

まったくの素人である町人をだますなど容易である。

「あいつうまくやっておるの」

一人が成功すれば、続く者が出るのは世の常。たちまち雨後(うご)の竹の子のごとく、浪人による道場ができた。

「話にならぬ」

大宮玄馬がそういった道場を見て回って、あきれかえった。

「棒を振るだけなら、鍬を振っているほうがましだ」

盛大に大宮玄馬が嘆息した。

「……これではまともな稽古には耐えられまい」

大宮玄馬が首を横に振った。

「一放流小太刀の創立を許す」

師である入江無手斎から、大宮玄馬は一流を興(おこ)すことを認められていた。

「かたじけなし」

剣を学ぶ者にとって、これ以上の栄誉はなかった。

普通ならば、すぐに道場を建てお披露目をする。しかし、大宮玄馬を取り巻く状況がそれをさせてくれなかった。

まず、大宮玄馬の身分が変わっていた。もとは貧しい御家人の三男で、家督を継ぐことはできず、このままならば厄介(やっかい)叔父として当主となった兄の使用人となるしかなかった。

「家士(かし)として抱えよう」

武士として未来のなかった大宮玄馬を、同門の兄弟子である水城聡四郎が家臣として拾ってくれた。一流を創始してよいと言われる前に、召し抱えてもらっていたこともあり、聡四郎の許可なく道場を開くわけにはいかなかった。

「めでたい」

大宮玄馬の誉れを聡四郎も喜んでくれた。

だが、時期が悪かった。

聡四郎は勘定吟味役として、新井白石の下で奔走していたため、多忙を極めていた。いや、聡四郎を邪魔だと考えた者によって、何度も命を狙われた。

「道場を……」

そんなときに道場の話などできるわけもなかった。

大宮玄馬は家臣として、警固役として、聡四郎とともに戦うことになった。なんども死にかけた。失ったものも多い。剣術の師である入江無手斎の行方は知れず、道場は閉鎖されたままだ。代わりに、生涯の伴侶にと想う相手ができた。もとは刺客だった伊賀の郷の女忍の袖を大宮玄馬は妻にしたいと考え、主君である聡四郎の許可も得た。

「いい加減にしないと失うわよ」

「あの人に似ているのはいいけど、女の気持ちに考えが至らないのまでまねしちゃだめ」

聡四郎の妻紅から厳しく言われて、大宮玄馬はようやく袖を口説き落とした。いや、口説き落としたというより、泣きついたというほうが正しいかも知れなかった。

「袖の出自はどうにでもなる」

大宮玄馬と袖から、婚姻の許しを求められた聡四郎は直ちに認めた。

幸い、大宮玄馬は直臣から陪臣になっている。その婚姻を幕府に届け出ずともすむ。もし、幕臣であったならば、袖の出自が大いなる問題になる。

陪臣の婚姻は、主君が認めるだけですんだ。

「せっかくの機会だ。道場によいところを探してはどうだ」

聡四郎は放置せざるを得なかった一放流小太刀を玄馬が伝える義務を果たそうとしていた。家臣が武芸の一流を立てるのは、優秀な者を抱えているとして主君の誉れになるため、最大限の援助をするのが慣例となっていた。

「そのようなこと、畏れ多く」

「婚姻の祝いじゃ」

恐縮する大宮玄馬に、聡四郎が押しつけた。

慶事の祝いは断ることはできなかった。無理に拒めば、それは縁を切ると言っているると同義になり、後々の関係に響く。もちろん、知っていて理由なく、祝いを寄こさない相手との付き合いも断ってかまわない。

「かたじけなく」

大宮玄馬は頭を垂れた。

「ただし、一つ条件がある。吾が屋敷より遠すぎてはならぬ」

「…………」

言われた大宮玄馬が絶句した。

水城家の屋敷は、本郷御弓町にある。本郷御弓町は、加賀百万石前田家の上屋敷や御三家水戸家の上屋敷に近く、武家の屋敷が建ち並んでいる。商家もあるが、武家相手の商いをする古物商や裃、袴などを扱う呉服屋くらいで、ほとんど町家はなかった。

そんなところで道場ができるほどの建物となると、武家の空き屋敷か、大名が手に入れたものの扱いかねている抱え屋敷くらいしかない。

「広すぎまする」

入江無手斎の道場がそうであったように、長屋を三つほど買い取って、間の壁を取り払ってと考えていた大宮玄馬としては、予想外であった。

言うまでもないが、屋敷となると値段も高い。

「そなただけではない。吾にとっても一放流は大事なのだ。決して消え去らせてはならぬ」

聡四郎が大宮玄馬に告げた。

今でこそ千五百石取りの旗本水城家の当主であったが、その前は家督も継げない四男でしかなかった。

もともと勘定筋である水城家だったが、さすがに四男ともなると養子の先もなく、また本人が算盤に興味を持たなかったこともあり、金はかけられないが好きにしていいと放置されていた。

「剣が性に合う」

聡四郎は家業ともいえる算盤ではなく剣を選び、稽古の束脩が安い下駒込村の入江道場へと通った。

「筋がいい」

入江無手斎も聡四郎の努力を認め、厳しく鍛えてくれた。

朝から夕方まで、心身ともにへとへとになるまで稽古をしたおかげで、家も継げず、養子にもいけず、実家の隅で腐っていくだけの将来にも落ちこまずにすんだ。

聡四郎にとって入江道場は、まさに居場所であった。

「兄の家士として遣えばよいか」

父功之進も、聡四郎の腕があがり、その行く末を認め始めたころ、長兄がふとした弾みでかかった病によって急死してしまった。

すでに次男、三男は他家へ婿養子に出ている。

「そなたが跡を継げ」

こうして水城家の家督が聡四郎に回ってきた。

「算盤の弾き方はもちろん、帳面の書き方もわかりませぬ」

聡四郎は困惑したが、養子に出た兄二人はすでに当主となり、どちらも勘定衆として御役に就いている。今更呼び戻すわけにはいかない。

「御役はあきらめる」

武家は血筋を大事にする。実子がいるのに、遠縁から勘定のできる者を呼ぶことはまずかった。

「そなた一代は無役でよい。ただ、生まれた子供は剣術ではなく、算盤を教えよ」

父が嘆息し、聡四郎に家督を譲った。

だが、勘定筋では考えられない剣術の腕が聡四郎を世に出した。

綱吉と荻原近江守の後始末を家宣から任された新井白石が、偶然聡四郎が町人たちの騒ぎを治めたのを見た。

「勘定筋でありながら、剣術を学んだ変わり者」

それは勘定方との付き合いがないとの意味であり、勘定奉行だった荻原近江守の影響を受けていないとの証明であった。

「勘定方を見張るには、それなりの腕がいる」

荻原近江守と豪商紀伊国屋文左衛門の力は、表だけでなく裏にも及ぶ。それくらいは新井白石もわかっている。

「あやつならば、そうそう引けを取るまい」

新井白石は聡四郎の剣術の腕を買って、勘定方を見張る勘定吟味役へと抜擢した。

「一放流を学んでおらねば、今の吾はない」

聡四郎は深く感謝していた。

「残念ながら、吾には一放流を継ぐことは叶わぬ」

養子の行き先さえなかった聡四郎を、入江無手斎は跡継ぎにと考えてくれていたが、当主となったうえ、吉宗の政にしっかりと組みこまれてしまっては、もうどうしようもない。

「頼む」

聡四郎は一放流を大宮玄馬に託した。

「精進いたしまする」

兄弟子であり、御家人の三男という行く末不安な立場から、陪臣とはいえ三十石で召し抱えてくれた聡四郎に、大宮玄馬は大恩がある。

「こちらも思惑のあることだ」

真摯すぎる大宮玄馬に聡四郎が苦笑した。

つい先日も聡四郎は帰途で襲われていた。というか、初役の勘定吟味役以来、幕政の陰と常に争い続けてきた。ときには、尾張藩のお旗持ち衆、ときには京の顔役、ときには御広敷伊賀者や伊賀の郷忍と刃を交わした。

そのとき、隣に大宮玄馬がいた。

「思惑でございまするか」

大宮玄馬が怪訝そうな顔を見せた。

「家臣に剣の達人がいるとなれば、馬鹿も減ろう」

「なんと」

笑いながら言った聡四郎に、大宮玄馬が驚いた。

ちょっとした大名ともなると、一刀流や新陰流の免許を持つ家臣を抱えている。

だが、それは世間に広がらなかった。

「当家には……」

武芸好みの大名が家臣の自慢をしても、

「それはそれは……ところで此度の参勤で梅の見事な姿を見ましての」

ほとんどの大名は泰平を謳歌しており、武張ったことを嫌っている。

「田舎大名が」

「雅を理解せぬ」

それどころか、陰で嘲笑された。

当然、家中にどれほどの遣い手がいても、評判にならなかった。

しかし、道場を持つほどとなると、話は違ってきた。

いかに大名や旗本が興味を持たないとしても、江戸市中に道場の評判は広がる。

「水城さまの御家中に一流を興すほどのお方がおられるそうだ」

「道場を見てきたが、ありゃあ天狗だぞ。目にもとまらぬ疾さで、あっという間に相手の懐に入りこんでいた」

町道場というのは、武士だけでなく町人も受け入れる。なにより、道場というのは商売でもある。どのような稽古をしているか、道場主はどのような者なのかを確かめられるように無双窓が外へ向かって開けられている。

そういった道場の様子を覗き見るのも町人の楽しみの一つであった。

「いやあ、お近くに先生ほどのお方がおいでくださって、皆喜んでおります」

また、道場を開けば、町役が挨拶にも来る。

町道場があるというだけで、その付近へ押し込み強盗や強請集りは近づかなくなるからである。

なかには無頼が集まっていると、町奉行所へ訴えられたときに言いわけができるからと道場の体をなすこともあるが、大宮玄馬の場合は水城家の家臣という保証がある。

ましてや大宮玄馬の人柄も加われば、町内の自慢になることはまちがいない。

「惣目付の家臣は剣の達人らしい」

「一流を興すことを許されたほどで、道場も開いておるという」

大名や旗本の当主は興味を示さなくとも、屋敷を預かる用人や外部との交流を担当する留守居役にまで大宮玄馬の噂は届く。

「惣目付の水城右衛門大尉をなんとかいたせ」

「口を封じよ」

主がそのように命じたとしたところで、

「藩士を無駄死にさせることになりまする」

「敗退したとき、当家の名前が出ても」

用人あたりが反対する。全滅させて知らぬ顔ができれば、まだどうにかなるが、返り討ちを喰らえば、被害は藩に返ってくる。

なんといっても聡四郎は、吉宗の義理の娘婿なのだ。

「かまわぬ。あやつは余に恥を掻かせおった」

「余の指図を聞かぬか」

藩主が怒ったところで、家臣は従わなくなっている。

もう主君へ忠義を向ける時代ではなくなった。藩主の失策は藩の存亡につながる。

赤穂浅野家を例に出すまでもなく、藩主が愚かなまねをして咎めを受けると藩士は揃って浪人になる。先祖代々受け継ぎ、子々孫々まで続くはずだった家がなくなってしまう。

「なにとぞ、貴家にお仕えいたしたく」

「勘定については、お任せいただけるかと」

浪人となってから売りこんでも、もうどこの大名も人材は不要。

「殿はお病じゃ」

主君一人の意地で数百、数千の藩士、その家族が路頭に迷っては困る。

「なにをする」

家臣たちが集まって当主を無理矢理隠居させ、新たな主君を迎える、いわゆる押し籠めをする。

「冗談じゃねえ。化けものの相手なんぞできるか」

道場の評判は無頼にも効果があった。

金を積まれればなんでもするのが無頼だが、命あっての物種(ものだね)であり、死んでしまえば百両積まれようが遣えない。

「……なるほど」

聡四郎の思惑を聞いた大宮玄馬が納得した。

「玄馬には悪いと思うが、息子ができたならば武をしこんでくれ。水城家を守るための盾(たて)として頼む」

「お任せくださいませ。わたくしと袖どのの子なれば、鍛えようもございましょう」

大宮玄馬が引き受けた。

二

久世大和守は、送り出した家臣たちが誰一人帰ってくることがなかったことに愕(がく)然(ぜん)としていた。

「…………」

幸いといえば、根回しをしておいた屋敷が路上に置き去りにされた遺体を引き取って、密かに久世家へ返してくれたおかげで、騒ぎが表沙汰にならなかったことであった。

「弱みを握られた」

成功していれば老中の意に染まぬ者の末路としてその威を張れたが、しくじっただけでなく、その後始末までさせてしまったのだ。いわば大きな借りを作ってしまったことになる。

病いがちだった久世大和守の体調は悪化していた。

「大和守どののよ、いかがなされたかの。ご体調でも悪いのならば、早めに下城なさってはいかがかの」

いかに屏風で区切られているとはいえ、隣の様子くらいは雰囲気でわかる。

戸田山城守が、屏風から顔を出して問うた。

「いえ、大事ございませぬ。お気遣いに感謝いたしまする」

今、老中は三人しかいない。そのうち一人が抜ければ、執務が確実に滞る。

平然を装い久世大和守が戸田山城守に礼を言って、大丈夫だと応じた。

「ならばよろしいが、これ以上の無駄はお避けになるべきでございますぞ」

「無駄……なぜっ」

戸田山城守の言葉を少し考えた久世大和守が、驚愕の声を漏らした。

「どうなされた」

先達二人の遣り取りに口を挟まなかった水野和泉守が思わず腰を浮かせるほど、久世大和守の驚きは大きかった。

「いや、なんでもござらぬ」

戸田山城守が手で水野和泉守を制した。

「……なればよろしゅうござる」

吉宗の引きで老中になったとはいえ、水野和泉守は新参である。老中として守らなければならない慣例などを教わる立場だけに、説明の無理強いはできなかった。

「どこで……」

腰を下ろした水野和泉守とは反対に、久世大和守が立ちあがって戸田山城守へ近づいた。

「落ち着かれよ。聞こえますぞ」

「なれども」

宥める戸田山城守に、久世大和守が食い下がった。

「他言をするな」

戸田山城守が御用部屋にいる者を見回した。

言うまでもなく、御用部屋での出来事は外へ漏らすことを禁じられている。といったところで、普段はさほど厳密ではなかった。

「このたびのお手伝い普請はどのような」

幕府から主として外様大名へ押しつけられるお手伝い普請という名の賦役が、誰に課されるかなどを知りたい者は多い。

こういったことは老中に直接訊けるわけはなく、皆、御用部屋坊主に頼った。

「なかなかに他言はできませぬので」

御用部屋坊主は渋ってみせて金を要求する。

二十俵や三十俵ていどの貧しいお城坊主にとって、この金が生活の糧になる。

「…………」

それをわかっているから老中も普段は厳しく咎めない。いや、まずいことは老中だけがわかる方法で協議する。

だが、今回は久世大和守の驚きが大きすぎた。このままでは、どのような噂が外に流れるかわからない。

これを破れば、御用の秘密を漏らしたとして、切腹、改易にすると戸田山城守が厳しい声で宣した。

「…………」

水野和泉守をはじめ、奥右筆、御用部屋坊主が黙った。

「付いてこられよ」

戸田山城守が久世大和守を促して、御用部屋を出た。

「一同、心得たな」

残ったあと一人の老中水野和泉守が、もう一度口止めをした。

「……よろしいのでございまするか」

水野和泉守に付けられている奥右筆が小声で尋ねた。

老中には執務の都合上、幕府の政令、法度、慣習に通じている奥右筆が一人付けられていた。御用部屋付きの奥右筆は、奥右筆組頭や表右筆組頭への出世を約束された者であり、当たり前ながら有能で心配りのできる者が任じられる。

「かかわるな」

久世大和守が驚きを露わにした原因を探るべきではないかと献策した奥右筆を水

野和泉守が抑えた。

「まだ、早い」

「要らぬことを申しました」

時期尚早であると告げた水野和泉守に、奥右筆が出過ぎたまねをしたと謝罪した。

「心遣い、うれしく思うぞ。なにか耳にすることがあれば、聞かせてくれるように」

与（くみ）すると暗に含んだ奥右筆の対応を水野和泉守が受け入れた。

久世大和守を連れ出した戸田山城守は、御用部屋からそう離れていない空き座敷へと足を踏み入れた。

「ここでいいか。老中が連れだっているなど、城中の者に見せるわけにはいかぬ」

御用部屋付近は役人の行き来も激しい。ようは他人目（ひとめ）がある。そんななかで老中三人のうち二人が並んでいれば、興味を引く。

「申しわけござらぬ」

少し落ち着いた久世大和守が、己の振る舞いを振り返った。

「うむ。謝罪は受け取るが、動揺が過ぎる」

戸田山城守が久世大和守を注意した。

「それはいたしかたないことでござる。なぜ山城守どのが、昨日のことをご存じなのか」

久世大和守が詰問した。

「老中を長くしておると、いろいろなことを耳に入れてくれる者が増えるのよ」

戸田山城守は正徳四年（一七一四）八月に老中となり、家継、吉宗に仕えて六年になる。さらにその前には、綱吉のときにも奏者番、寺社奉行をしており、幕政にかかわったのは三十年をこえていた。

「いったい誰が」

しゃべるなと釘を刺したのだ。久世大和守が犯人捜しをしたくなるのも無理はなかった。

「申せるとでも」

すっと戸田山城守が目つきを冷たいものにした。

「うっ。しかし、拙者、すなわち老中との約定を易々と破るなど……」

「誓紙でも交わされたか」

まだ文句を続ける久世大和守を戸田山城守が抑えこんだ。

「それは……いたしておりませぬ」

表沙汰にできないことを頼んだのだ。後々の証拠になる書きものなど残すはずがない。

「なれば言えますまい」

「……………」

政に携わる者として正論である。

戸田山城守に言われた久世大和守が沈黙した。

「大和守どのよ。あのようなまねをするなとは言わぬ。ただ、やるならばかならず仕留めなければならぬ」

「家中でも指折りの者を八人も出した。二人ならば十分であろう」

「そこが甘いのじゃ。通常、大目付と同格とされる惣目付じゃ。少なくとも駕籠に乗り、警固の侍を七、八人、小者中間を四人、槍持を一人は連れている。それが本人を含めて二人。つまり、それで足りると考えておると思わねばならぬ」

「惣目付になって、まだ日が浅いゆえ、新たな家臣を抱えられておらぬと見るべきかと……」

「だから甘い」

抗弁する久世大和守に戸田山城守が嘆息した。

「水城のしてきたことの報告を見たか」

「見てござる」

確認した戸田山城守に、久世大和守が首肯した。

「大奥で黒鍬者を斬り捨てた一件をどう読んだ」

「黒鍬などという武士でもない、刀さえ持たぬ小者を倒したくらいで、どうということではございますまい」

「はあ」

戸田山城守がため息を吐いた。

「よく読んだか」

役立たずを見る目で戸田山城守が久世大和守にもう一度確認を求めた。

「ざっとでございますが」

そこまで言われると自信をなくすのが人である。久世大和守が不安げな顔で答えた。

「別式女が二人、その黒鍬者に討たれたと書いてあっただろう」

「……たしかにございましたが」

久世大和守が応じた。

「別式女は男の常駐できぬ大奥の警固を承る者じゃ」

「それは存じておりまするが、たかが女のこと」

戸田山城守の発言に久世大和守が首をかしげた。

「別式女は主に御家人の娘のなかで武芸に通じた者から選ばれる。なかには槍術や薙刀術の免許もおるという」

「免許……」

久世大和守が息を呑んだ。

武術は概ね切り紙、目録、免許、皆伝、奥伝の順に腕があがる。泰平の世では、武士でも目録までいけば十分とされる。免許持ちなどそれこそ、五万石の大名で一人いるか、二人いるかといった状況なのだ。

「討たれた別式女がどれほどの腕であったかまでは記載されておらぬが、ただの小者にやられるほどではないはずじゃ。その別式女を二人斬った黒鍬者を右衛門大尉は一刀のもとに斬り伏せたとある」

「免許以上の腕だと」

「それくらいだと想像がつくであろうが」

さきほどより大きなため息を戸田山城守が吐いた。

「少し注意しておれば、生半可な人数では足らぬとわかったはずだ」

「…………」

無駄と言われた理由を悟った久世大和守が黙った。

「決断されたことは尊重いたす。しかし、やると決めた割りには詰めが甘すぎる」

厳しく戸田山城守が指摘した。

「では、どうすればよかったのでござる」

久世大和守が言い返した。

「鉄炮、弓でもよい、飛び道具を用意すれば、いかな達人といえども避けようがない。もちろん、好きに動ける状況であればかわすこともあるだろう。そうさせぬように兵で囲んで、その外から射貫けば……」

「お城下での発砲は御法度でございまするぞ」

戸田山城守の策を聞いた久世大和守が驚愕した。

徳川秀忠のころから江戸だけではなく、駿府、甲府、大坂など徳川家の直轄地の城下で鉄炮を使用することは禁じられている。狼などの獣が出たときでも、個人で射殺するのは許されず、幕府へ届け出て鉄炮組の出動を求めなければならない。もちろん、危急の際には厳罰に処されないが、そうでなければ武士は切腹、民は斬罪までである。

ましてや幕政を担う老中が惣目付を謀殺しようと鉄炮を持ち出したなどが認められることはありえず、吉宗に知られれば、久世家断絶は避けられない。

「……寝ておるのか、大和守どの」

呆れをこえた馬鹿を見る目で久世大和守を一瞥した戸田山城守が首を左右に振った。

「な、いくら先達でも無礼でござろう」

阿呆扱いされた久世大和守が怒った。

「馬鹿を馬鹿という以外になにがあると」

平然と戸田山城守が返した。

「どこが愚かなのか、お聞かせ願おう。それによっては……なにかしらの対応をいたすことになりますぞ」

より険しい声で久世大和守が詰問した。

「今、法度といったな」

「申した」

念を押した戸田山城守に久世大和守がうなずいた。

「では、お城下で公方さまの信任を受け、惣目付となった旗本を襲撃させるのは、法度に反しておらぬとでも」

「ぐっ」

久世大和守が詰まった。

「惣目付をどうこうしようとした段階で、公方さまのお怒りに触れているのだ。ならば、確実に仕留めるべきであろうが」

「ううっ」

「たとえどのような手立てを使おうとも、邪魔する者は排除する。それを見せつけてやれば、あらかじめ下打ち合わせをしていた連中もおとなしく貴殿に従ったはずだ。それを甘く見て返り討ちに遭って全滅、全員が路上に骸を晒す羽目になってはのう、老中だという畏れなどもなくなるというものよ」

呻くだけの久世大和守に戸田山城守が止めを刺した。

「どうすればよいのだ。拙者は……」

「知らぬ。吾のできることはした。それ以上は御免蒙ろう。巻きこまれてはたまらぬのでな」

情けなさそうな顔で尋ねてきた久世大和守を戸田山城守が切って捨てた。

「…………」

呆然としたままの久世大和守を残して、戸田山城守が座敷を出た。

「病もあるという。もう少し遣えるかと思ったが」

戸田山城守が後ろ手に襖を閉じた。

三

目付阪崎左兵衛尉は、あらたに入れ札で追加した二人の登録をするため、奥右筆部屋へと足を運んだ。

「本日より、この二人が目付となった」

名前と今まで属していた組を記した紙を阪崎左兵衛尉が、奥右筆の補任掛に突き出した。

「受け取りできかねまする」

補任掛月潟が書付を返した。

「どこか書式が違っていたか」

幕政にかかわるものをあつかうためか、奥右筆は細かいことにうるさい。提出される書付の一行の文字数、行数、余白の位置などが規定にあっていなければ、受け取らない。

「根底が違っておりまする」

月潟が阪崎左兵衛尉にうなずいた。

「どこが違っている」

奥右筆は目付の監察を受けるが、その実力は目付を凌駕する。

「ほう、奥右筆の某をお咎めになると」

馬医師よりも格の低い奥右筆であるが、それだけに結束は固い。

「家督相続でございまするか。今、いささか御用が忙しく、すぐにとは参りませぬ」

大名、旗本にとって、もっとも大事な継承を奥右筆は握っている。出された書付を順番に処理するかどうかは、奥右筆の肚一つなのだ。

四代将軍家綱の大政参与であった保科肥後守正之によって末期養子の禁は緩和されたとはいえ、跡継ぎなしは原則改易が幕府の決まりである。

「急いでくれ」

当主が高齢あるいは病気のときは、一刻も早い継承が求められる。

「よしなに」

ゆえに大名や旗本は奥右筆に金を積む。こうして、順番を繰り上げたり、間に合わなかったときでも書付の日付を繰り上げてもらったりする。ようは、賄賂で便宜を図ってもらうのである。

「目付になにをさせる気であるか」

だが、清廉潔白を旨とする目付に、この手段は執れなかった。一両でも渡してしまえば、秋霜烈日と怖れられる目付の権威は地に墜ちる。

「根底とはなんじゃ」

阪崎左兵衛尉が怪訝な顔をした。

「目付衆からの就任離任の届けは受け付けてはならぬと公方さまより厳命されておりますれば」

「なんと申した」

聞き取れなかったのか、信じられなかったのか、阪崎左兵衛尉が聞き直した。

「二度申しあげる手間はございませぬ。御用繁多なれば、これにて」

すっと月潟が背を向けた。

「待て、おいっ」

慌てて阪崎左兵衛尉が月潟を止めようとして、足を踏み出した。

「なにをする、慮外者」

大声が奥右筆部屋を揺らした。

「えっ」

阪崎左兵衛尉が一瞬呆然となった。

「名を名乗れ」

怒鳴りつけた奥右筆組頭の二戸稲大夫が知っていて誰何した。

「そちらこそ、何者か。吾は目付阪崎左衛門尉である」

「奥右筆組頭二戸稲大夫である」

誰何し返された二戸稲大夫が立ちあがった。

「たかが奥右筆組頭が目付を叱責するなど、分不相応である。ただちに屋敷へ帰り、後日評定所から呼び出しがあるまで身を慎め」

阪崎左兵衛尉が二戸稲大夫へ命じた。

「目付ならば、奥右筆部屋がどのような場所かはわかっておろう。そなたの足下を見よ」

二戸稲大夫が阪崎左兵衛尉の指示を無視して、言い返した。

「足下……」

「敷居をこえておるぞ」

「……」

言われた阪崎左兵衛尉が無言で一歩下がった。

「遅いわ。皆、見たの」

「はい」

「たしかに奥右筆部屋へ足を踏み入れておりました」

確認した二戸稲大夫に奥右筆たちが次々と首肯した。

「御上の書付すべてを預かる奥右筆部屋は、執政衆といえども入室はできぬが決まり。それをそなたは破ったのだ」

奥右筆部屋には今の政のことはもちろん、過去の記録も保存されていた。それこそ、老中の執務部屋でもある御用部屋よりも機密が詰まっている。そのような場所へ誰も彼もが出入りできれば、秘密もなにもあったものではない。御用部屋に奥右筆は出入りできるが、老中は奥右筆部屋に入れない。まあ、老中は出向くことはなく呼びつけるので、禁足地としての意味はないが。

いかに目付であろうとも、奥右筆部屋へ足を踏み入れることはできなかった。

「ま、待て。入るつもりはなかった。その補任掛の奥右筆が、従わずに離れようとしたので、取り押さえようとしただけである」

必死で阪崎左兵衛尉が言いわけをした。

「事情はかかわりない。そなたが奥右筆部屋へ入ったことが問題なのだ」

二戸稲大夫が阪崎左兵衛尉の言いぶんを却下した。

「……そういえば、惣目付は奥右筆部屋に出入りしておると聞いたぞ」

阪崎左兵衛尉が思い出した。

「それと今回のことはかかわりない。そなたは禁則を破ったのだ」

「だから惣目付が許されるならば、監察である目付もよいはずじゃ。そもそも監察に立ち入れぬ場所があることからしてまちがっている」

「誰（たれ）ぞ、惣目付さまにお報せを」

「承ってございまする」

強弁する阪崎左兵衛尉を相手にせず二戸稲大夫は指示を出し、それに月潟が応じた。

「行かさぬぞ」

奥右筆部屋を出ようとした月潟の前に、阪崎左兵衛尉が立ちはだかった。

「阿曾（あそ）、片田（かただ）、田辺（たなべ）、そなたらも行け」

「はっ」

二戸稲大夫に言われた奥右筆たちが別々の襖を開けて外へ出ようとした。

「ま、待ってくれ。わかった」

阪崎左兵衛尉が引いた。

「勝手に終わりにしていいと誰が言った」

それを二戸稲大夫は一蹴（いっしゅう）した。

「詫びたのだぞ、目付が」

「誰であれ、一人でも許せば、同じことをする者を咎められなくなるであろう。たかが一歩であるというならば、二歩と三歩の場合はどうするのだ」

「…………」

二戸稲大夫の詰問に阪崎左兵衛尉が黙った。

これを認めれば、目付の役目は有名無実になってしまう。極端な話になるが、一人害した者を死罪にしなかったとき、十人殺した者を咎められるかということに繋がってしまう。

「一人と二人の差はどうする」

「ならば、全部死罪にすればいい」

厳罰に傾いても、

「公方さまが咎のない小姓を手討ちになされたとき、公方さまを死罪にするのか」

かならずそういった理屈を言い出す者が出てくる。

「公方さまがそのようなことをするはずもない」

最初から埒外にすればいいという考えは通らなかった。

なにせ前例がある。

まだ幕府創世からそう経っておらず戦国の荒い気風が残っていたころ、二代将軍秀忠は、顔が気に入らぬという理不尽な理由で身の回りの世話をする小納戸を手討ちにしていた。

その同じことを吉宗がしないという保証はないし、当然秀忠が咎めを受けていないだけに、吉宗に隠居を要求するなどもできなかった。

「どうすればいい」

ついに阪崎左兵衛尉が折れた。

「屋敷へ帰って身を慎み、評定所の呼び出しを待つか……」

わざと二戸稲大夫が言葉を切った。

「待つか、もう一つはなんでござる」

口調もていねいに、阪崎左兵衛尉が尋ねた。

「我ら奥右筆に従うか」

「それは……」

二戸稲大夫の要求に、阪崎左兵衛尉が息を呑んだ。

「目付部屋でなにが協議されたか、どの目付がなにを調べているかを我らに報せてもらう」

「できぬ。それはできぬ」

目付としての矜持を売り渡すことになる。

「なにより、目付はそれぞれが何をしているかは知らぬ。監察という役目上、同じ目付もその相手になるゆえ、口出しせぬのが決まり」

阪崎左兵衛尉が首を強く横に振った。

「それがどうかしたのか」

二戸稲大夫がこっちには関係ないと告げた。

「…………」

「都合が悪くなると黙る。目付というのは、そのていどで務まるものなのだな」

「そうじゃ。そもそもの起こりは、その補任掛が届けを受け取らなかったことにある」

露骨に阪崎左兵衛尉が責任を転嫁しようとした。

「月潟」

「なんでござろう」

組頭である二戸稲大夫に声をかけられた月潟が返事をした。

「理由を話したのか」

「話しましてございまする。公方さまより目付の補任については受け付けぬようにと命じられたと」

「それがおかしいと言っておるのだ」

答える月潟に、阪崎左兵衛尉が噛みついた。

「新たな目付が入れ札で選ばれることは存じておろう」

「重々に」

阪崎左兵衛尉に確認された月潟が首肯した。

「なれば、新任の者を受け付けるのが慣例であるとも」

「少し違いまするな」

月潟が阪崎左兵衛尉の勢いを制した。

「なにが違う」

「慣例だった、でございまする」

「目付は公方さまにかかわりなく選ばれると申したであろう」

「ですから、選ばれるのは勝手でございますが、受け付けぬことになりましてござる」

まだ言う阪崎左兵衛尉に月潟が嘆息した。

「組頭さま、お役目に差し障りまする」

これでは仕事が滞ると月潟が苦情を言った。

「たしかに。戻ってよい」

二戸稲大夫がうなずいて、月潟を解放した。

「さて、話を戻そうか。貴殿が奥右筆部屋に無断で踏み入ったことだが」

「だから、それは……」

「いい加減にせぬか。理由はどうであれ、重要なのは結果だけである」

二戸稲大夫が語気を強くした。

「…………」

「またも黙るか」

無言になった阪崎左兵衛尉に二戸稲大夫が苦笑した。

「まあよい。では、そなたの無礼を咎めぬ代わりとして、奥右筆は今後一切目付の依頼に応じぬ。それでよいな」

「吾への咎めをなしにしてくれると」

阪崎左兵衛尉が喜色を浮かべた。

「目付が約定を破らない限りはな」

なかったことにはしないと二戸稲大夫がしっかりと釘を刺した。

四

聡四郎は目付たちの動向を二戸稲大夫から聞いた。

「目付という権威が、公方さまから預けられたものだという根本が抜けたようだな」

「ではないかと」

二戸稲大夫が聡四郎の感想に同意した。

「公方さまより目付を入れ替えよとのお下知をいただいておるが、これはかなりの難題であるな」

聡四郎が嘆息した。

御広敷伊賀者、奥右筆、大奥を取り押さえるのも面倒であったが、それでもどうにかなったのは、結局将軍という権威を後ろ盾にしていたからだと聡四郎はわかっている。まあ、御広敷用人であろうが、道中奉行副役(そえやく)であろうが、惣目付であろうが、役職にはかかわりなく、旗本はすべて将軍の威光を笠に着ている。

それを目付は忘れてしまっていた。

「なにかお手伝いすることでもございましたら」

二戸稲大夫が聡四郎に訊いた。

「そうよな、太田どの。なにかよい手はないかの」

聡四郎が熟練の役人でもある太田彦左衛門に尋ねた。

「目付に思い知らせるならば、まずその特権を奪うべきかと存じまする」

「……特権」

太田彦左衛門の助言に聡四郎が首をかしげた。

「城中の者に畏怖を与える、目付だと一目でわかる姿」

「あの異装か」

すぐに聡四郎が理解した。

「二戸どの」

聡四郎が二戸稲大夫に確認した。

「あれは戦国の軍目付が、すぐにそれとわかるようにと黒母衣に似た姿をしたことに由来していると聞いたことがございまする」

二戸稲大夫が間を置くことなく応えた。

戦場というのは、敵味方入り乱れて収拾が付かなくなるものであった。誰もが命を懸けて手柄を立てようとすると思われがちだが、なかにはその気に呑まれて逃げ隠れする者、うまく立ち回って戦わずにすませようとする者がいた。また、手柄が立てられなかったことを隠すため、他人が倒した敵の首を拾って吾がものにする者も出た。

これを見逃していては、主君としての公平性が崩れる。

「頼りがいなし」

拾い首を褒めたり、逃げ回った者を咎めなかったりが重なると、有能な家臣から主君が見捨てられてしまう。

それは大名の没落の端緒となった。

「しっかりと見定めよ」

卑怯未練を見張るために軍目付は設けられた。そして、軍目付と他の将を区別できるように装束を与えた。

それが今の目付にも受け継がれていた。目付は黒麻裃を身にまとって、一目でそれとわかるようにしている。

「ふむ。ではそこから参るとしようか。二戸どの」

「承知いたしましてございまする。公方さまのお指図があれば、ただちに城中へ布告できるようにいたしておきまする」

聡四郎の意図を悟った二戸稲大夫が頭を垂れた。

放っておいても日に一度は梅の間へ現れる吉宗ではあるが、それを待っていては配下としての分をこえる。

聡四郎は躊躇なく、御休息の間へと足を運んだ。

「右衛門大尉が目通りをと申しております る」

取り次ぎを待たずともよいと吉宗から言われているとはいえ、普段から権限を使うといろいろなところで反感を買う。

聡四郎は御側御用取次の加納遠江守を通じて、吉宗への謁見を求めた。

「いつなりとてもかまわぬと申したはずである」

吉宗が不機嫌になった。

「公方さま、それでは困るときもございまする」

加納遠江守が諫言した。

将軍にも私はあった。当初大奥を敵視して、ほとんど足を踏み入れなかった吉宗も、ようやく側室のもとへ通うようになっている。他にも厠とか食事とかのときもある。

「別段かまわぬ。側室の上に重なっておるときでも、右衛門大尉が参ったならば会う。それだけの大事でなくば、あやつも馬鹿なまねをするまい」

吉宗が平然と言い返した。

「御自重くださいませ。でなくば……」

「右衛門大尉への嫉妬が増すという意見なら前に聞いたわ。そのくらい、躬の腹心ならば耐えて当然」

加納遠江守の危惧を吉宗は一蹴した。

「それはお考えいただかねばなりませぬが」

「なんじゃ」

それだけではないと言った加納遠江守を吉宗が促した。

「目付でございまする」

「愚か者がどうするというのだ。すでにあやつらは、躬と右衛門大尉に牙を剝いたぞ」

吉宗が当たり前のことを、と怪訝な顔をした。

「目付には監察の権がございまする」

「あるな」

「さらに公方さまへいつでもお目通りが許されてもおりまする」

「今の目付には許しておらぬがの」

聡四郎が大奥で黒鍬者を討ったことを咎めるために、目付が吉宗に直接の言上をおこなった。そのときの対応に吉宗は激怒、目付の目通りを禁じた。

「それがよろしくないことになるのではないかと」

加納遠江守が懸念を口にした。

「申せ」

「目付が公方さまに直言できるというのは明文化されておりまするが、惣目付については公方さまのお許しだけでございまする」

「躬が認めておれば、なにも問題なかろう」

「いえ。明文化されておらぬならば、右衛門大尉が公方さまに押して目通りを願っていると取れまする」

「目付が右衛門大尉を咎めると」

「はい」

確かめるように言った吉宗に加納遠江守が首肯した。

「右衛門大尉は旗本、目付の監察を拒めませぬ」

「躬が止めてもか」

吉宗がありえないことだろうと訊いた。

「公方さまのお耳に入るまでに、目付が老中方に要請し、評定を開くように求め、それに老中方が応じられてしまえば、かえって公方さまのお口出しは右衛門大尉の不利になりまする」

「寵愛を利用しての専横（せんおう）か」

「ご賢察でございまする」

加納遠江守が頭を垂れた。

「ふむ……」

吉宗が思案に入った。

「老中のうち二人は、躬を疎んでおる。水野和泉守だけでは、その流れに抗せられぬか」

「…………」

認めれば水野和泉守の実力を侮っていることになる。加納遠江守が黙った。

「……使えるかもしれぬの」

「公方さま……」

にやりと笑った吉宗に、加納遠江守が目を大きくした。

「躬の考えに手出しをすると火傷を負うと思い知らせるにはちょうどよかろう」

「これ以上、右衛門大尉に……」

「婿を侮るな。あの紅を惚れさせた男ぞ」

「……わかりましてございまする」

何度も同じようなことを進言している加納遠江守が、あきらめた。

「では、通しまする」

加納遠江守が一度、御休息の間を出て、

「右衛門大尉どの、通られよ」

聡四郎を呼んだ。

「ただちに」

御休息の間控え、入り側と呼ばれる畳廊下で待っていた聡四郎が立ちあがった。

「さっさとせんか」

気の短い吉宗は、次の間の襖際で平伏して、呼ばれても三度まではご威光を畏れて動けませぬとの形をとる無駄な礼儀を嫌う。

「惣目付は、躬の太刀である」

吉宗は聡四郎に帯刀を許可していた。

「…………」

聡四郎は次の間に入ったところで、帯びていた刀を外して置き、そのまま上段の間襖際へと進んだ。

「……お目通りをいただき、かたじけなく存じあげまする」

すっと姿勢を正し、聡四郎は平伏した。

「よい。躬が認めておるのだ」

吉宗が聡四郎に顔をあげろと促した。

「はっ」

背筋を伸ばした聡四郎は、そのまま用件に入った。

「目付の黒裃を……」

「ふむ。他の者が身につけられない装いが、目付の増上慢を招いたと」

「一端にはなっておるのではと愚考仕りましてございまする」

聡四郎が首肯した。

「あり得るの。限られた者しか身にまとえぬものは権威でもある」

吉宗が認めた。

古来日本では黄櫨染や黄丹などを、天皇または皇太子以外が身につけることを禁じている。これは禁色といわれ、他にも将軍だけ、大臣だけといった制限のある色はあった。

「わかった。奥右筆に命じて、黒の麻裃の着用を禁じる……では、おもしろくないの」

言いかけた吉宗が途中で意見を変えた。

「黒麻裃を自在とする」

吉宗が逆に誰にでも認めると宣した。

「自在……」

「自儘と言い換えてもよいな」

予想外のことに驚いた聡四郎へ、吉宗が笑いかけた。

「ついでじゃ、身分にかかわらずといたそうか」

「よろしいのでございまするか」

思わず聡四郎が問うた。

身分にかかわらずとなれば、伊賀者であろうが、甲賀者であろうが、士分でさえあれば黒麻裃を着てよくなる。さすがに裃を身につけることを認められていない陸尺、小者、中間、黒鍬者などは対象外であるが、それでも今までの目付以外がまとえないという制限がなくなる。

「着よとは言っておらぬぞ」

悪戯をするような顔で吉宗が目を細めた。

「色分けなさいますか」

聡四郎が嘆息した。

「気づくようになったとはの。そなたも成長しておるようじゃ」

吉宗が声をあげて笑った。

「黒麻裃自在の話で、その意味を悟る者がどれだけおろうかの」

「少ないかと」

吉宗の問いかけに聡四郎が首を横に振った。

「なぜじゃ」

「目付への畏怖は、そう易々とはなくなりませぬ」

理由を聞かれた聡四郎が答えた。

黒麻裃を誰が身につけてもよいと吉宗が言ったところで、強制どころか好きにしていいと言っているだけである。

役人として江戸城へ詰めるくらいの者が、その意味を理解しないはずはなかった。理解できないような者は、端から吉宗の考えには入っていない。

ここで吉宗に迎合(げいごう)して黒麻裃を着て登城すれば、

「なにをいたしておるか」

かならず目付から目を付けられる。

「お許しが出ておりまする」

もちろん、咎められることはないが、

「役職と姓名を申せ」

これは拒めなかった。

そして、名乗ればそこから執拗に目付の調査を受けることになった。

「…………」

なにも悪いことをしていなくとも、目付がいつも目の隅に入るのは恐ろしいものである。

「公方さまのお申し付けに従ったのでございまする」

目付がうっとうしいからどうにかしてくれと、惣目付である聡四郎のもとへ苦情を出しても受け付けられない。役人に疑義を持ち、調べるのは目付の正当な役目なのだ。

庇護を受けられないとわかっていて、黒麻裃を着続ける勇気を保てる者はそうそういない。

「やれる者は、それだけの覚悟があると見られよう」

吉宗がやってみる価値はあると告げた。

「すぐに拾いあげてやらねば、かえって役人たちの信望を失いまする」

将軍に従うとの意思表示を汲んでやらなければ、他の者も吉宗を頼りにならないと見ることになると聡四郎が懸念を口にした。

「…………」

その危惧を吉宗は、無言で流した。

第四章　策と謀

一

御休息の間を出た聡四郎を、数人の目付が取り囲んだ。

「水城右衛門大尉であるな」

目付の一人が確認した。

「わかっているのだろう。訊くなど二度手間ぞ」

聡四郎が嘲笑した。

「こやつっ」

「手に乗るな。御休息の間側で声を荒らげたなどとあっては、こちらが咎めを受けることになる」

阪崎左兵衛尉が同僚をなだめた。

目付の役目に城中の静謐（せいひつ）を維持するというのがある。その目付が城中で騒ぎを、それも将軍の御座所である御休息の間近くで起こしたとなれば、無事ではすまなかった。

「そうであった」

目付が大きく息を吸って落ち着こうとした。

「大変だの、同僚がこれでは」

聡四郎が阪崎左兵衛尉に声をかけた。

「止めよ。これ以上の挑発は許さぬ」

「誰が許さぬのだ。旗本に対し、許しを与えられるのは公方さまだけだぞ」

「…………」

上から言うことに慣れているだけでなく、誰も逆らうことのない境遇にい続けてきた目付だったが、聡四郎の正論の前には反論できなかった。

「さて、呆（ほう）けておるならば、拙者は参るぞ」

聡四郎が梅の間へと進もうとした。

「待て」

「逃げる気か」

目付が前に回り込んだ。

「逃げるかだと。なにからだ」

武士に逃げるという言葉は禁句であった。聡四郎が凄みを利かせた。

「……わ、我らからだ」

刀を抜いたこともなく、咎人の捕縛も下僚である徒目付、小人目付にさせる目付が、聡四郎の発する殺気に怯えた。

「惣目付が目付から逃げる。なんのために」

聡四郎が首をかしげた。

「罪状を」

「おう」

阪崎左兵衛尉に促された目付が聡四郎を見た。

「公方さまに押してのお目通りを願った。旗本としてあるまじき所業である……」

罪状を挙げながらも目付は聡四郎から微妙な距離を取っていた。

「……よって評定所からあらためてお呼び出しがあるまで、屋敷にて身を慎んでおれ。わ、わかったな」

言い終わった目付が、聡四郎の顔色を窺った。

「公方さまより承っているお役目はどうする」

「そのような理由で、目付の謹慎の処分は避けられぬ」

聡四郎の苦情を阪崎左兵衛尉が一蹴した。

たしかに役目を盾に、目付の介入を止められるはずはなかった。それが許されれば、江戸城中にいる役人を捕まえることはできなくなる。

「そうか。わかった」

すんなりと聡四郎がうなずいた。

「ただし、公方さまのお怒りは覚悟しておけ」

「…………」

聡四郎の反駁に、目付が黙った。

「では、下城する」

「徒目付ども、こやつを屋敷まで連れていけ」

「はっ」

控えていた徒目付が聡四郎の両腕を押さえようとした。徒目付五十人のほとんどは惣目付に従っているが、十人足らずは目付の指示を受けている。そのうちの数人がこの場に来ていた。

「無礼者、それ以上は許さぬぞ」

ふたたび聡四郎が殺気を放った。

「ひっ」

目付たちの腰が引けた。

「むっ」

さすがに武で選ばれる徒目付はそのような恥をさらさないが、それでも腰を少し落として刀の柄に手をかけた。

「抜けば死罪、御家取り潰しぞ。ここは御座所に近い」

「あっ」

指摘された徒目付が慌てて柄から手を離した。

「付いて参れ」

聡四郎が先頭に立って歩き始めた。

「なにをしている。追わぬか」

脅されたことで後れを取った徒目付たちを、阪崎左兵衛尉が叱った。

「はっ」

「すぐに」

急いで徒目付が聡四郎の後を追った。

その様子は、まるで聡四郎が徒目付を従えているかのように見え、とても罪人を引き立てているようには思えなかった。

「……阿呆が」

阪崎左兵衛尉が吐き捨てた。

「……左兵衛尉どのよ」

「わかっておる。すぐに御用部屋へ話を通す」

同僚にうながされた阪崎左兵衛尉が首肯した。

大声を出さないようにしていたとはいえ、御休息の間近くでのことである。

「…………」

一部始終を御休息の間陰警固(かげけいご)の庭之者(にわのもの)、馬場三郎左衛門(ばばさぶろうざえもん)が天井裏から見ていた。

「お報せを」

聡四郎が去るのを確認した馬場三郎左衛門が、吉宗に報告した。

「予想外のことをしでかすから、馬鹿と言われる」

「いかがいたしましょうや」

「手出しせずともよい」

気遣う馬場三郎左衛門に吉宗が手を振った。

「ですが……」

「どのような形で右衛門大尉を罰するにも、躬の許しが要る」

将軍直属の惣目付を解任するにも、水城家を潰すにも将軍の認可なしではできなかった。

「つまり、あの者たちがやっていることは、無駄」

「足掻きよな。それも水鳥のように見えぬところで足掻くならばまだ望みもあろうが、躬の目の前でやっていては、話にならぬ」

たしかめた馬場三郎左衛門に吉宗があきれた。

「ですが、水城の家に傷が付きまする」

謹慎を言い渡されたとなれば、閉門蟄居しなければならない。さすがに罪状が確定したわけではないので門を竹で封じなくともよいが、一日中門が開かれず、人の出入りもなければ、近隣は悟る。

「公方さまの娘婿どのが、謹慎……」

「これはよほど公方さまのお怒りを買ったのだな」

普通の旗本ではないだけに、噂の拡がりは大きい。

「ひょっとすれば養女縁組も解かれるのではないか。そうなればあそこの娘に価値はなくなる」

「縁を結ばずよかったわ」

紅や紬まで悪評に晒される。

「有象無象（うぞうむぞう）が近づかなくなってよいわ」

吉宗が口の端を吊りあげた。吉宗はこの機を利用して紬の価値を下げ、その身を守ろうとしたのだ。

「では」

すっと馬場三郎左衛門が気配を消した。

「予想通りの動きじゃな。さて、老中どもはどうするかの」

吉宗が楽しそうに笑った。

御用部屋は目付でも入れない。

「目付阪崎左兵衛尉じゃ。執政衆にお話がある」

老中といえども目付は監察できる。あからさまに格下としての言葉遣いは避けなければならなかった。

「お待ちを」

御用部屋の外で一日中控え、老中への面会を求める者たちの相手をする御用部屋坊主が、取り次ぎのためになかへ入っていった。

「目付が」

老中首座戸田山城守が、取り次ぎをした御用部屋坊主へ怪訝(けげん)な顔を見せた。

「用件は申しておったか」

「いえ。ただご老中さまにお目にかかりたいと」

戸田山城守の確認に御用部屋坊主が首を横に振った。

「用件もわからず、執政が仕事を中断できるはずはなかろう。訊いて参れ」

「はい」

目付は密を求める。御用部屋坊主が用件を尋ねたところで言うはずはない。それをわかっていても、老中に否やを口にできるわけもなく、おとなしく御用部屋坊主が阪崎左兵衛尉のもとへ戻った。

「お目付さま」

「おう、すぐに会えるか」

「それが、戸田山城守さまにお伺いいたしましたところ、何用かわからねば会えぬと」

反応した阪崎左兵衛尉に、御用部屋坊主が言いにくそうに述べた。

「目付の用をお城坊主ごときに話すなどあり得ぬわ」

阪崎左兵衛尉が拒んだ。

「では、お取り次ぎいたしかねまする」

そうですかと阪崎左兵衛尉の返答を戸田山城守へ伝えれば、まともに使者も務められぬのかと叱られる。御用部屋坊主が、老中に見捨てられてはお役目を続けてはいけない。

「目付に逆らえばどうなるか」

「どうぞ、お好きに。ただし、いきさつは山城守さまにお報せいたしまする」

御用部屋坊主は老中に近い。

「むっ」

いかに目付は老中も監察できるとはいえ、実際のところ幕政の頂点を咎めるなど実際は無理であった。

「……惣目付についてである」

阪崎左兵衛尉が苦い顔で告げた。

「では、お伺いいたして参りまする」

御用部屋坊主が、もう一度なかへ入っていった。

「……と」

「惣目付、水城右衛門大尉にかかわることか。ふむ」

戸田山城守が思案に入った。

「あいにく、余は多用である。大和守どのにお任せすると伝えて参れ」

聡四郎は鬼門だと戸田山城守が逃げた。

「そのように」

御用部屋坊主が一礼して、戸田山城守の前から久世大和守のほうへと移動した。

「なんじゃ……わかった。しばし、待たせよ」

久世大和守が応じた。

老中への目通りは、それが呼び出しに応じたものであっても手間がかかった。忙しいということを見せつけるためか、それとも権威を誇るためか、かならず小半刻、場合によっては半刻（約一時間）以上待たされるのが慣例となっていた。

「大和守さまが、お出でになりまする。しばし、入り側でお待ちを」

御用部屋坊主が阪崎左兵衛尉に述べた。

「大和守どのがか。承知いたした」

阪崎左兵衛尉が御用部屋から少し離れた入り側に身を動かした。

「遅い」

老中に用がある者は、そのほとんどが役方であった。目付や書院番などの番方は、まず老中と面談することがなかった。

「阪崎左兵衛尉か」

そこへ老中久世大和守がようやく現れた。

「いかにも」

「大和守じゃ。惣目付について話があるとか、申せ」

うなずいた阪崎左兵衛尉に、久世大和守が詫びもなく問うた。

「…………」

目付になってから、敬意あるいは畏れを当たり前のように受け取ってきた阪崎左兵衛尉が、久世大和守の態度に一瞬間を空けた。

「どうした、余は忙しいのだぞ」

黙った阪崎左兵衛尉に久世大和守がようやく怒気(どき)を見せた。

「惣目付水城右衛門大尉は、公方さまに押しての目通りを強行し、その意を通そうといたした。その態度不敬なるをもって罰すべしと、我ら目付は決断いたしてござる」

「ふむ」

うなずいた久世大和守がようやく先を促した。

「先ほど、水城右衛門大尉を捕縛、屋敷にて慎めと命じましてござる」

「なるほど。水城右衛門大尉の評定を開けと申すのだな」

「さようでござる」

用件を呑みこんだ久世大和守に阪崎左兵衛尉が首肯した。

「わかった。余が取り扱う」

久世大和守が評定所での裁決を差配すると言った。

「重畳(ちょうじょう)でございまする。ただ……」

「わかっておる。水城右衛門大尉は公方さまの娘婿。五手掛(ごてがかり)でいたせというのであろう」

阪崎左兵衛尉の言いたいことを久世大和守が先回りした。

五手掛とは、老中を筆頭として上座に置き、その他に幕府の要職である大目付、寺社奉行、勘定奉行、町奉行、目付の出席する評定をいう。別名詮議物評定とも言われ、定期的な常評定と違い、老中の発議によって臨時におこなわれた。

「ご賢察でござる」

阪崎左兵衛尉が久世大和守の手腕を認めた。

「三奉行のつごうを合わせ、できるだけ早くいたすとしよう」

久世大和守が宣した。

二

徒目付を率いるような形で屋敷に帰った聡四郎を紅は驚きもせず、出迎えた。

「なにをしたの」

紬のことがあって以来、武家風だった態度を紅は止めていた。もともと聡四郎を仕事探しの浪人と勘違いしたのが、交際の始まりである。そのころから婚姻までの態度に戻し、惣四郎との仲をもう一度かつてのように深いものへと回帰させようとしていた。

「いつも吾がなにかしでかしていると思うのは、止めてくれぬか」

聡四郎もその紅を愛しく思い、合わせて口調をくだけさせていた。

「今までのことを思い返してほしいわ」

紅がため息を吐いた。

「で、今日の早帰りは」

「目付に咎められてな。慎めと言われた」

「……なにをしたの」

「したわけではないわ。公方さまに押しての目通りを願ったことを咎めてのことだそうな」

「公方さまに……はあ」

先ほどよりも深く、紅が息を吐いた。

「義理とはいえ、娘の夫をなんだと考えておられるのやら。鉋でも使えば刃先が減るというのに」

「おい、鉋扱いするでない」

文句を口にした紅に聡四郎が苦笑した。

「義父上さまへ無礼だと咎めなかったわね。ということは、聡四郎さんもそう思っていると」

「……言えぬわ」

見抜いた妻に、聡四郎はますます苦笑を深くするしかなかった。

「まあ、ちょうどいいじゃない。お休みをいただいたと思って、少しはのんびりしたら」

「そうだな」

妻の勧めに聡四郎はうなずいた。

「紬の相手もちゃんとしなければだめよ。お役目、お役目で朝と晩の二度しか顔を見ていないでしょ」

「…………」

聡四郎が目を泳がせた。

「紬は、あなたとあたしの子供なんだから」

「すまん」

言われた聡四郎が身を小さくした。

「いい、寝ているときに顔を見るだけじゃ、覚えないからね。ちゃんと起きているときにあやしてあげないと。抱きあげた瞬間に泣かれても知らないから」

「それは困る」

武家といえども親子の感情は変わらない。戦国乱世のころならば、親子で殺し合い、兄弟で争うのは当たり前であったが、泰平が続けば人心も落ち着く。

「争わず、君に忠、親に孝をなせ」

幕府が天下にそう号令していることもある。

ましてや一人娘なのだ。それも家同士のからみで婚姻をなした女ではなく、真から愛しいと想った紅が苦労して産んでくれた娘なのだ。

聡四郎が困惑したのも当然であった。

「それに玄馬さんと紬のことも相談したいし」

「うむ。紬の怪我はかなりよくなっているのであろう」

紅の提案に聡四郎も同意した。

「ええ。まだ昔のようには動けないと……いえ、もう昔のようには動けないらしいけれども、日々のことには困らないようよ」

少しだけ紅の表情が曇った。

「そなたと紬をかばっての傷じゃ。報いねばならぬの」

「せめてちゃんとした婚礼をしなければね」

真顔になった聡四郎に、紅が首を縦に振った。

「道具立てと花嫁の着飾りは任せて」

「吾にやれと言われても困る」

女はいつでも婚礼の話を好む。気合いの入った紅に聡四郎は笑った。

「多少かかるけど」

「金ならあるだろう」

「ええ」

紅が余裕はあると認めた。

代々勘定方を筋目とし、祖父が勘定組頭まで出世した水城家は、五百石内外の旗本としては珍しく、裕福であった。

もちろん、裕福だからといって金蔵が満ちているわけではないが、家臣の婚礼を丸抱えするくらいならばどうにでもできた。

「頼む」

勘定筋に生まれながら、算盤より木刀を選んだ聡四郎である。金のことは苦手であった。

「はい」

紅が微笑んだ。

「ただ、困ったことが一つ」

唇を引き結んだ紅に、聡四郎が尋ねた。

「長屋が狭いのよ」

「ああ」

紅の言葉に聡四郎も苦い顔をした。

武家の長屋は屋敷の塀に寄り添うように作られている家臣たちの住居である。

水城家は祖父の立身で五百石になった。そのとき、屋敷を今の本郷御弓町に移された。これは石高に応じて屋敷の大きさ、立地が変わるという幕府の慣例に従ったものであった。

その後、聡四郎の父も無事に勘定方を勤めたが立身にまでは届かず、聡四郎が家督を継いだときもここであった。

つまり長屋の数も大きさも、ずっとそのままだった。

普通の勘定方ならば、それでやっていけた。五百石では士分の家臣は三人、足軽一人、その他小者数人が軍役で規定されている。といったところで、そもそも戦がないので、これだけの人員は不要であるし、ましてや勘定方ともなると士分はいなくてもいい。

言うまでもなく軍役は決まりなので、無視することはできないが、どうしても数をそろえなければならないときだけ、形を整えられればいい。ようは、その日だけ金で雇い入れるのだ。こうすれば日頃の禄などの経費は節約できる。

ご多分に漏れず、かつての水城家もそうであった。さすがに士分と足軽全部を金で雇った者にするわけにはいかず、士分一人、足軽一人などを譜代として抱えていた。つまり、長屋はその二人と小者のぶんだけですんでいたのだ。

それが、聡四郎の出世で話が変わった。

吉宗に気に入られた聡四郎は、大奥差配である御広敷用人に引き立てられた後、大目付の次席扱いになる道中奉行副役、そして大目付を上回る格の惣目付へと出世した。

それにつれて、水城家の家禄もあがり、今は一千五百石になっている。

「公方さまの養女さまを妻に迎えただけ」

「分家将軍に媚びを売る、情けなき旗本」

柳沢美濃守吉保、間部越前守詮房のように大名にまで出世したわけではないが、吉宗の引き立てを受けた聡四郎への嫉妬(しっと)は城中の内、外かかわりなく強い。なにせ紀州から連れてきた腹心ではない、旗本からの引き立てなのだ。他の旗本にしてみれば、なぜあやつがとなるのは無理のないことである。

「なにか傷はないか」

そうなると聡四郎の一挙一動を、鵜(う)の目鷹(たか)の目で見張る者が出てくる。

「ご加恩を受けておきながら、それに応じた軍役を果たしておらぬ」

加増を受ければ、当然軍役も増える。

世間が要るときだけの雇い入れで凌(しの)いでいても、嫉妬を受ける者はそうはいかなかった。

なにせ幕府の決まりとなっているのが、禄に応じた軍役なのだ。

「馬鹿を減らすいい口実じゃ」

聡四郎の不備を吉宗に告げ口した者は、きっちりとしっぺ返しを受ける。幕政改革を旗として揚げている吉宗にとって、無能と馬鹿は敵。

「公方さまのお手を煩(わずら)わさせてはならぬ」

吉宗の気性は嫌というほど知っている。それこそ、旗本の頭上に大なたが振るわれることになってしまう。

「新たな者を迎えねばならぬ」

そんなつまらないことで、足を引っ張られてはたまらない。

こういった経緯があり、聡四郎は大宮玄馬の係累など、信頼のおける者の紹介で新たな家士を召し抱えた。

つまり、現状の水城家の長屋では足りていない。

幸いというか、なんというか、仕えてくれた者が皆独身であったおかげで、今は縁者で同居させているが、それも限界がある。

「道場に住めといったところで……」

聡四郎は大宮玄馬のために道場を設けようとしていた。そこになら、夫婦水入らずで気兼ねなく起居できる。

「殿のお側を離れるなどとんでもないこと」

「奥方さまのお側を離れるときは、死ぬときでございまする」

大宮玄馬と袖が揃って拒んだ。

「道場へ行くのは、殿が登城なされている間だけ」

一流を立てる剣士であるよりも、大宮玄馬は聡四郎の家士であることを選んだのである。

「困った二人よね」

紅が首を横に振った。

「早急にどうにかせねばならぬとはわかっているが……なにせ慎みの最中じゃ」

咎めを受けた者が、もっと広い屋敷をなどと口にできるはずはなかった。

「よねえ」

聡四郎の述懐に紅が嘆息した。

「こちらでどうにかできるものでもない。どれ、着替えて紬の相手をするか」

「なんとかなるという考えは、そろそろ止めなさい」

気を変えようと立ちあがった聡四郎に、紅があきれた。

入江無手斎と木村暇庵の二人は、宮の宿場に入った。

「板子一枚下は地獄だというに」

宮から渡し船で桑名へ向かう旅人を見た入江無手斎が苦い顔を見せた。

「歩くよりはましだろう。荷物を抱えずともよいし、寝ている間に着くのだぞ。極楽ではないか」

木村暇庵が反論した。

「一寸先は闇ぞ」

「たしかにそうだがの。そう思っていてはなにもできぬぞ。 人は闇で手を伸ばすことで、前に進むのよ」

入江無手斎の考えに木村暇庵が言い返した。

「乗らぬのだろう、どちらにせよ」

「ああ」

名古屋が目的地であれば、渡し船に用はない。

二人は宮を後にした。

「老人二人か……」

「後生願いで寺社巡りでもしておるのであろう」

「ならば金もあろう。ちと合力を願ってもよいだろう」

東海道を進む旅人はほとんど船に乗る。陸路で名古屋へ向かう者は少ない。

あと少しで熱田神宮というところで、道ばたにたむろしていた浪人らしき者たちが、入江無手斎と木村暇庵に目を付けた。

「どうなさる」

木村暇庵が入江無手斎に尋ねた。

「……」

その問いに応じることなく、入江無手斎は動いた。

「えっ」

「ひくっ」

「……」

三人の浪人が斃(たお)れた。

「一撃で三人の首を断つ。なんとも」

木村暇庵が息を吐いた。

「殺さずともよいだろうと言わぬのだな」

入江無手斎が木村暇庵を見た。

「生かしておいたら、また同じことをするだろう。一つの慈悲がいくつの命を奪うか」

木村暇庵が首を左右に振った。

「医者の言とは思えぬな」

「病を治す医者を下医(かい)といい、人を治す医者を上医(じょうい)という。そして国を治す医者を国手(こくしゅ)と呼ぶ」

入江無手斎の言葉に木村暇庵が違うことを言い出した。

「上医だと」

「いいや、愚昧なんぞ、下の下よ。医は人を救うが仕事と、そればかりを気にしてきた。その結果、善人も悪人も病といえば癒やした」

「真っ当なことだ」

刀に拭いをかけながら入江無手斎が感情のない声で称賛した。

「その結果を聞きたいか」

「要らぬ。剣術師範というのも同じようなものだ。生きていくため、束脩をもらうために、危ういなと思う者にも刀の持ちかた、振るいかたを教えてきたからの」

「生きるというのは、皆、同じ……」

木村暇庵が呟くように言った。

「愚昧がおぬしを癒やさなければ、この浪人どもはここで死なずにすんだ」

「…………」

「そのぶん、どれだけの迷惑が今後も増えたかわからぬ」

苦悩するように木村暇庵が首を横に何度も振った。

「矛盾よな、世のなかは」

「今ごろ気付いたか……」

木村暇庵の至った感想に、入江無手斎が呆けたような目をした。

三

尾張藩主を籠絡するには、まず見た目が重要であった。

これがその辺の男ならば、物陰で白い臑でも出して誘惑できる。あとは閨事の技で虜にするくらいは容易である。

しかし、大名となるとそうはいかなかった。

まず、大名ともなると城から出歩かない。鷹狩りや先祖供養で出ても、物陰から誘惑することは難しい。

なんとか伝手を頼って、城中へ奥女中としてあげたところで同じである。

「怪しい奴め」

当たり前だが、警固の者に止められる。

「あの者をこれへ」

大名のほうから声をかけさせるように仕向けないと籠絡は始められない。

となると一目で心を奪うほどの美形でなければならなかった。

「どうだ」

当間土佐が連れてきたのは、甲賀の女忍であった。

「まれに見る美形ではあるが、女忍としての修練は積んでいるのだろうな」

藤川義右衛門が懸念を口にした。

いかに美人でも、閨技ができなければ、尾張継友の寵愛を受け続けるのはまず無理であった。

「こやつはな、一度縁づいておる。夫が一年足らずで死んでな。実家へ戻っても居場所はない」

こればかりは武家であろうが商人であろうがどことも同じであった。

「かといって夜這いされるのも嫌じゃというのでな」

江戸や大坂、ちょっとした城下町では違うが、代々の家ばかりで構成されている村落では、後家は独身の男の共有財産になる。なにせ発散したくとも遊廓はないし、足を延ばせても通うだけの金はない。かといって我慢ばかりさせていては男の気性が荒くなり、喧嘩やもめ事が多くなる。

後家も男を受け入れることで、田植えや稲刈りなどの人手を確保できる。なにかあったときには、食料を持って来てくれたりもする。

しかし、当間土佐が連れてきた女はそれをよしとはしなかった。

「なにせ、甲賀の郷一番の器量と讃えられてきたからな。こやつの嫁入りは、相当もめた。欲しいという男が多くてな」

当間土佐が女の背景を語った。

「それこそ、後家になるのを待っていたかのように求婚が相次いだ。だが、こやつはどれにもなびかなかった。なかには甲賀の名家からも声がかかったにもかかわらずだ」

「妾にしてやるでは」

女が初めて口を開いた。

「おいっ」

「ほう、声もよい」

叱る当間土佐とは逆に、藤川義右衛門が褒めた。

「なぜ、再嫁せぬのだ」

それを機に藤川義右衛門が直接訊いた。

「もう倹しい生活は嫌でございます」

「ふむ。贅沢がしたいか」

「しとうございまする。甲賀の郷では満足に米も食えませぬ。また髪を結うことも、真新しい衣装に手を通すことも、紅を引くこともできませぬ」

尋ねられた女が答えた。

「……たしかに器量に合わぬ恰好じゃ」

美貌に目を奪われていた藤川義右衛門が、女の姿にあらためて気付いた。

「垂らした髪に洗いざらしの小袖、履き物はすり減った草鞋……」

藤川義右衛門が女を上から下まで見た。

「……顔はそれで紅も白粉も使っておらぬのか」

「婚礼の日だけ化粧をいたしましたが、それ以外は」

確認された女が首を左右に振った。

「名はなんという」

「不夜」

「姓は」

甲賀郷士の娘ならば姓を持っているはずと藤川義右衛門が促した。

「捨てましてございますれば」

実家と縁を切ってきたと不夜と名乗った女が言った。

「よい覚悟だ」

藤川義右衛門がうなずいた。

「だが、嫁した身というならば、処女ではないな」

大名家の側室、いや、そこまでいかずとも一夜の供でさえ、女は処女であることを求められた。これは清浄性というよりも、性病や他の男の精を宿していないという証明として重要視されていた。

「騙してご覧に入れましょう」

「いや、世間知らずの継友はいいが、身体検めの女は厳しいぞ」

胸を張った不夜に藤川義右衛門が危惧を表した。

藤川義右衛門はもと御広敷伊賀者である。御広敷伊賀者の役目の一つに、閨で無防備になる将軍の警固がある。なにかあったときはすぐに対応できるよう床下と天井裏に潜み、将軍が側室を呼び、抱いて、帰すまでを見張っている。

そのなかには、側室の身体検めの監視もあった。

身体検めをする者は、お清の中臈と呼ばれるお手つきではない奥女中から選ばれる。

「某を」

大奥へ入ることと誰を呼ぶかの報せを将軍から受けたお清の中臈は、名指しされた側室に準備をさせる。湯屋にて身を清めさせ、夜着へ着替えさせるのだが、その前に身体を検めるのだ。

女には何カ所か武器を隠せる場所があった。

口、鼻の穴、耳の穴、尻の穴、そして陰部である。そこに針のようなものでも忍ばせれば、閨で睦み合い、気の緩んでいる将軍を害することは容易い。

もし、そのようなことになれば、大奥は終わった。

「死罪を申しつける」

女は男より一段罪を軽くするのが、幕府の習慣である。しかし、将軍を殺したとなれば、謀反として扱われ、女子供老人の区別なく、九族皆殺しになった。

さすがに雑用をこなすだけの御末は追放くらいですむが、中臈、とくに身体検めを担当したお清の中臈は許されなかった。

親兄弟、親戚一同まで切腹もさせてもらえず磔獄門、代々の家柄は士籍を削られて二度と復興はなされない。

そんな目に遭うとわかっているだけに、検めは執拗であった。

口のなかはもちろん、陰部、肛門を見るだけではなく、大きく広げさせて指を入れてなかをまさぐる。

寵愛深い側室も、今宵が最初のお伽になる処女も区別なく調べた。

「無礼なり」

「拒まれたと目付へ届けまする」

将軍から寵愛を受けている側室が我慢できぬと拒めば、そう言い返す。

側室も奉公人に過ぎない。目付が出てくれば、そこまでであった。

「あの者はいかがいたした」

突然側室が呼んでも来なくなったことに、将軍が首をかしげても、

「病で宿下がりをいたしておりまする」

そう言われてしまえばどうしようもない。

「その代わりに……」

そして新たな女があてがわれる。

「その者でよい」

将軍は否やを言えなかった。大奥は将軍の閨と生まれた子供たちを預かっている。

なにより将軍も大奥で生まれ、育っているのだ。

将軍は血筋を残すだけ。

だが、それを吉宗が変えた。吉宗は歴代将軍のなかで大奥とかかわりのない二人目の将軍であり、その影響力を無視できた。

六代将軍家宣は同じく大奥で生まれ育っていなかったが、嫡男を大奥へ囚(とら)われてしまったことで逆らえなくなり、そのまま慣例に従った。

「無駄金を遣うな」

改革の手始めとして吉宗は大奥に目を付けた。

その先兵として送りこまれた聡四郎の働きもあり、大奥の勢力はかなり減衰していた。

それでも身体検めは続いていた。

「指を入れた位で……」

不夜が嗤(わら)った。

「薄い紙を貼り合わせ、その間に犬の血でも仕込んでおけば、勘違いしてくれましょう」

「…………」

「それに尾張は将軍家ではございませぬ。そこまで厳密なまねはいたしますまい」

無言で見つめる藤川義右衛門に不夜が述べた。

「土佐、見事な女を連れてきたな」

「ご満足いただけたようじゃ」

当間土佐が藤川義右衛門の称賛に応じた。

「しかし、どうやって不夜を尾張公のもとへあげる」

誇らしげな表情を一変させて当間土佐が苦い顔をした。

身元さえあきらかでない女が、藩主公に近づくのは難しい。雑用をこなすもっとも身分の低い女中ならば出入りの口入れ屋とかを欺せばどうにかなるが、そもそもお目通りの認められていない端女中では、継友の目にさえ入らなかった。

「退きや」

継友が奥へ来るとき、端女中は平伏するのではなく、目に入らぬよう遠ざけられた。

「その方……」

万一、端女中を気に入ってしまえば、大きな問題が起こるからである。

「生母の身分が低すぎる……」

もし男子が生まれたら、そこでもめ事になった。

「目見得以上に、よき女はおらぬのか」

なによりも女としての矜持に傷が付く。

「美しい女ほど、酷い目に遭うというしの」

「事実だな。大奥で嫌というほど見てきた」

当間土佐の懸念を藤川義右衛門が認めた。

「嫉妬というのはどうにもならぬ。実家から気遣いが行き届いていれば、さほどの目には遭わぬが、怠った女は髪に鋏を入れられるのはまし、なかには顔に熱湯をかけられた女もいた」

「ふん、そのようなものはどうにでもできまする」

藤川義右衛門の言葉に不夜が嘲笑を浮かべた。

「面倒を起こすわけにはいくまい。そなたの役目は名古屋城奥の手入れではなく、継友の心と身体を縛ることだ」

「わかっておりまする。だからこそ、その邪魔をする者に容赦はいたしませぬ」

釘を刺した藤川義右衛門に、不夜が応えた。

「で、どうするのだ、頭領どのよ」

当間土佐がわざとらしく呼んだ。

「考えはある」

藤川義右衛門が当間土佐へと顔を向けた。

「藩主が代わったことで割りを喰らう者がおるだろう」

にやりと藤川義右衛門が口の端を吊りあげた。

将軍、藩主などが交代すると、先代の側近というのは排除される。なかには有能だとそのまま仕え続ける者もいるが、ほとんどは御役御免となり、まず一代の間は浮かびあがれなかった。

「……なるほど」

少し思案した当間土佐が首肯した。

「目処は付けているのか」

「うむ。先代藩主五郎太付きの小姓だった男よ」

問われた藤川義右衛門が告げた。

「それは、都合よいの」

当間土佐が納得した。

先代の遺物として放り出された者が復活する手段はあった。それが当代藩主に姉妹、あるいは娘を差し出すことであった。

「愛い奴である」

差し出した姉妹、娘に藩主の手が付けば、先代の側近は当代の寵臣に変わる。

とはいえ、そう都合のいい女が家中にいるとは限らない。そこで見目麗しい女を養女とする。武家の養女となれば、身分云々を突かれる心配はなかった。

徳川幕府が創設されたころには、遊女として名の売れていた女を養女として藩主に差し出し、家老職にまで出世したという例もある。

もちろん、その女に藩主が手を出さなければ、まったくの無駄になる。

「落とせるな」

藤川義右衛門が不夜に確認した。

「側室になれれば、幾人もの女中に傅かれ、衣装も食事も思うがままよ。もし、男子を産めば、お腹さまとして生涯安泰じゃ」

当間土佐も付け加えた。

「その子が跡継ぎになれば……わたくしは御三家名古屋藩主の生母」

不夜がじっと藤川義右衛門を見つめた。

「わかっておる。そうなるように我らも力を尽くそう」

その求める意味を正確に読み取った藤川義右衛門が首を縦に振った。

「手間取るが、尾張を思うがままに操れるくらいでなければ、吉宗を討つことなど叶わぬ。そのためならばなんでもしてくれよう。おまえの求めにはすべて応じる」

「見事果たしてご覧に入れましょう」

聞いた不夜が胸を張った。

四

評定を開くのは老中の権限であり、将軍に許可も報告も要らなかった。

「三奉行のつごうを合わせよ」

久世大和守が寺社奉行、町奉行、勘定奉行を呼び出して、臨時の評定をおこなうと告げ、その日時の調整をおこなうように指図した。

「五手掛とは……」

月番の南町奉行大岡越前守忠相が嘆息した。

町奉行は旗本の上がり役と言われている。言いかたは悪いが、ここまで来たらこれ以上の出世はまずない。

たしかに町奉行より上に、留守居と大目付はある。だが、どちらも飾りになって久しい。

「隠居前の名誉職」

格式だけで、なにをするでもない留守居と大目付を、皆そう言って軽く見ていた。

つまり、しっかりと権力を持っている町奉行こそ、旗本最高の役目であった。

しかし、町奉行に評定所での発言権はなかった。

いや、新たな町触れや物価統制の問題などに限り、口出しができた。

「そちはどう思うか」

それ以外は老中から意見を求められるか、

「貴殿はどうお考えでござろうか」

寺社奉行、勘定奉行などから、問い合わせを受けたときだけとされていた。

「奉行所で書付を見ているほうがまし」

形を整えるだけの出席は無駄であり、紬の捜索でいいところがなく、吉宗に見限られかけている大岡越前守にしてみれば遠慮したいというのが本音であった。

だが、役人は上司の命に従うもの。大岡越前守がため息を吐いた。

「……そういえば、なにについての評定かが報されておらぬ」

ふと大岡越前守が気づいた。

なにをどのように評定するのかがわかっていなければ、下準備ができなかった。

「評定に奥右筆は出なかったはず……」

大岡越前守の表情が変わった。

奥右筆は幕政すべての前例、慣例に通じている。通じていなければ務まらない役目なのだ。だが、評定には呼び出されない限り出席しない。これは評定所には評定所の書役がいるというのもあるが、奥右筆ができる前に評定の形ができあがっていたからであった。

「ちと……」

厠をよそおって大岡越前守が腰をあげた。

町奉行は午前中江戸城の芙蓉の間に詰める。月番、非番の関係はなく、将軍や老中などからの問い合わせに応じるためである。

その芙蓉の間は、高家を始め、留守居、大目付、寺社奉行、勘定奉行など高位の役人の詰め所になっている。

ここで雑談以外を口にするのはまずい。大名の一歩手前の者ばかりなのだ。いわば競争相手である。他人の足を引っ張る気満々であった。

大岡越前守は芙蓉の間を出た。

「越前守さま、御用を承りまする」

芙蓉の間の前で待っていたお城坊主が近づいてきた。

「厠へ案内を頼む」

「こちらへ」

大岡越前守の求めに応じて、お城坊主が先導した。

赤子ではないのだ。厠くらい一人で行ける。それをわざわざお城坊主に案内させるのは、慣例がそうなっているからであった。

幕府からの禄だけでは諸色の高い江戸で生活するのは厳しいため、補充としてお城坊主はこういった雑用をこなすことで、大名や役人から心付けをもらっていた。

「ああ、一人でよい」

拒めばお城坊主に金が入らず、

「某さまは渋い」

お城坊主が雑用を受けてくれなくなる。

城中の慣例にも通じているお城坊主に嫌われるのは、役人としてやっていくうえで避けなければならない。

ゆえにわかっていることでもお城坊主に頼み、わざと心付けを渡す口実を作った。

「お坊主どのよ」

厠へ向かいながら大岡越前守がお城坊主に声をかけた。

「なにか」

これは密談だなとわかったお城坊主が、前を向いたままわずかに足並みを落として応じた。

「急評定のお話があったのだが、どのようなことか存じておるかの」

大岡越前守が小声で問うた。

「噂でございますが……」

事実かどうかはわからないがと、お城坊主が逃げ道を作った。

「かまわぬ」

江戸城の大奥を除くどこにでも出入りできるお城坊主の情報は確かであった。

「…………」

お城坊主は沈黙した。

「……そうであったな」

大岡越前守がしばらくして気付いた。

「これを」

帯に差していた白扇を大岡越前守が差し出した。

「かたじけのう存じまする」

振り返らず器用にお城坊主が白扇を受け取った。

白扇は城中での通貨であった。禄高、役職で金額にあていどの格差はあったが、おおむね一分から一両として扱われていた。

町奉行は一両を慣例としている。

「先日、御休息の間を出たところで、惣目付さまがお目付衆によってお咎めを受けたとの噂でございまする」

お城坊主がそのままの姿勢で告げた。

「惣目付……水城どのを目付が」

「はい」

「公方さまはなにも……」

「伺ってはおりませぬ」

大岡越前守の確認にお城坊主が小さく首を横に振った。

「そうか」

これ以上問うならば、新たな白扇が要る。大岡越前守はそこで止めた。

「失礼をいたした」

形だけとはいえ、厠をすませた大岡越前守が芙蓉の間に戻った。

「…………」

素早い眼差しが、大岡越前守の帯に差さっていた白扇が消えていることを確かめた。

噂はかならず広まる。

大岡越前守が金を支払って仕入れた聡四郎の一件は、その夕方には城中で知らぬ者はいないといった状態になっていた。

昼から町奉行所へ戻った大岡越前守は、そのことに気付いてはいない。

「幾大夫、水城の屋敷を見て参れ」

大岡越前守は、町奉行役屋敷に詰めていた用人に指示を出した。

「水城さま……公方さまのお娘婿でございますか」

「そうだ」

「なにを見て参ればよろしゅうございましょう」

屋敷は無事でしたなどと報告するわけにはいかない。用人が尋ねた。

「門は開いているか、人の出入りはあるか、水城の姿はあるかどうか」

「わかりましてございまする」

あからさまにまちがっているとか、家に傷が付くなどの理由でもなければ、主君の指図に意見や否やを言うことはできなかった。

用人がすぐに出ていった。

「公方さまのお助けがない……水城はなにをしでかした」

大岡越前守にとって聡四郎は敵とまでは言わないが、鬼門であった。

伊勢山田奉行をしていたとの縁だけで、江戸町奉行へ抜擢された大岡越前守は、将軍吉宗の御世で出世が約束されていた、はずであった。

「役に立たぬわ」

それが今では辞任させる機を見計らわれているような有様である。たしかに江戸町奉行所の体質を改善できずにいたところへ、紬の誘拐である。

「きっと見つけ出せ」

江戸の城下で起こった事件である。江戸町奉行所が解決すべきであった。吉宗の厳命が大岡越前守に下されたのも当然であった。

「なんとしても無事にお助けせよ」

大岡越前守の顔色が変わったが、結果は幕府御船蔵近くで爆発騒ぎを起こされたうえ、藤川義右衛門一味に逃げられるという失態を犯した。

幸い、紬と紅は無事に助け出されたおかげで、即日免職は喰らわなかったが、吉宗の大岡越前守への期待は霧散した。

「疫病神……」

大岡越前守にしてみれば、聡四郎とその一家はまさにそれであった。

「お奉行さま、よろしいでしょうや」

筆頭与力が報告に来た。

「うむ。入れ」

昨夜から今日の昼までにあったことで、重要なことの報告を筆頭与力から受け、それに指示を出すことから江戸町奉行の職務は始まる。

「……以上でございまする」

筆頭与力の報告は終わった。

「任せる」

町奉行所の職務は慣例や独特の習慣が多く、栄達で奉行になった者には難解である。よほど政にかかわるか、米の値段をはじめとする物価への影響でもなければ、門外漢に近い奉行は口を出さない。

「はっ」

「でどうじゃ」

首肯した筆頭与力に大岡越前守が問うた。

「申しわけなき仕儀でございまする」

気まずそうに筆頭与力が顔を伏せた。

筆頭与力は大岡越前守の質問が、藤川義右衛門に対するものだとわかっていた。

「江戸にはおらぬようじゃな」

「おそらくは」

これも毎日繰り返される遣り取りであった。

「どこに逃げたかだけでもわからねば、人を出すこともできぬ」

大岡越前守が苦い顔をした。

江戸町奉行所は将軍家のお膝元の治安を守っているという権威を持つ。そのため、江戸で手配書の出た下手人や凶悪な盗賊などの捕縛のため、与力や同心を地方に派遣できた。

「はい」

江戸町奉行所には人口百万人ともいわれる巨大な江戸を差配している割には、人員が少なかった。南町奉行所と北町奉行所を合わせても、与力五十騎、同心二百四十人しかいないのだ。居場所の知れない藤川義右衛門を探しだし、捕縛するために人をあちこちに出していては、足下の治安が危うくなる。

「しつこいようだが、なんとか藤川らの足跡だけでも見つけよ」

「鋭意、尽力いたしておりますが……」

筆頭与力が目を伏せた。

「余はよい。だが公方さまのご辛抱がいつまで……」

「……」

大岡越前守の言葉に筆頭与力が黙った。

吉宗が将軍に就任したころは、大名、旗本の多くが紀州の山猿と馬鹿にしていた。しかし、就任直後から厳格な改革を断固として進める吉宗の姿に皆、畏れと怖れを感じている。

「役立たずにやる禄はないと仰せになりかねぬ」

「町方を潰される」

「それくらいなさるだろう」

「江戸の町の治安は……」

「火付盗賊改方の増員でどうにかなさろう。新しい町奉行所を創られるまでの間くらいは」

「できませぬ。火付盗賊改方に江戸の町はわかりませぬ。先祖代々町方を受け継いできた我らなればこそ、町の隅々まで知っておるのでございまする」

筆頭与力が町方役人としての矜持を口にした。

「……甘いわ」

大岡越前守がため息を吐いた。

「どこが甘いと」

言われた筆頭与力が大岡越前守に反論した。

「御用聞きどものことを考えておるのか」

「それこそ我らなればこそ、御用聞きは従っておりまする。それだけの絆を作っております。加役でしかない火付盗賊改方などに従うはずはございませぬ」

自信満々で筆頭与力が言った。

加役とは本役とは別に務める役目のことをいう。火付盗賊改方も加役であり、本役は御先手組であった。当然、加役は本役に足されるもののため、期間があった。

火付盗賊改方は、火付けと盗賊の増える冬だけというのが多かった。

「公方さまを知らぬ者の楽観と言うべきか、それとも狭い世間しか知らぬ愚か者の寝言と言うべきか」

「お奉行っ」

嘆く大岡越前守に筆頭与力が憤った。

「不満か」

「お言葉が過ぎましょう」

町方というのは奉行以外はその職から動くことなく、親が与力ならば子も与力、親が同心ならば子も孫も同心であった。

「不浄職め」

他の旗本たちから一段下に見られるというのもあり、身内での結束は固い。

こういった事情が強く影響し、出世で就任した江戸町奉行への隔意は強い。いや、町方のことをなにもわからぬ飾りとして、陰で軽視している。

「馬鹿を馬鹿と、愚か者を愚か者と言うのがまちがいか」

大岡越前守が冷たい声を出した。

「ですから、なぜ我々はそこまで蔑視されねばなりませぬ」

筆頭与力が文句を口にした。

「御用聞きが、そなたたちにしか従わぬなどという妄言を吐くからである」

「も、妄言……」

厳しい表現に筆頭与力が唖然とした。

「妄言でなくてなんだ。そもそも御用聞きはなぜ町方に従っている」

「それは江戸の治安を……」

「建前は止めよ」

名分を口にしようとした筆頭与力を大岡越前守が遮った。

「十手を預けてくれるから、大きな顔をする後ろ盾になってくれるから。そうであろう」

「……………」

筆頭与力が無言になった。

「公方さまのお怒りをもって町方の与力、同心が追放された。そして代わりに火付盗賊改方がその任を果たすとなる。たしかに幾人かは情で火付盗賊改方への協力を拒むだろう」

「さようでございまする」

吾が意を得たりとばかりに筆頭与力が気を持ち直した。

「しかし、それを火付盗賊改方が認めるか。認めるはずはないの。従わぬならば、十手を取りあげるだろう。そして、その十手は別の者に預けられる。そうなれば、そなたたちに与した御用聞きは、ただの町人になる」

「そういう節操のある者こそ、御用聞きにふさわしいのでございまする。我らはその者たちを大事に保護し……」

「浪人にそれだけの力があるのか」

「……へっ」

間抜けな声を筆頭与力が漏らした。

「公方さまのお怒りで放逐されるのだぞ。浪人になるほかないだろう。そして将軍から直接奉公構いを言い渡された者は二度と徳川に戻ることはできぬ。つまり、永遠に浪人ということだ」

「そんなこと……」

大岡越前守に断じられた筆頭与力が蒼白になった。

「町奉行所の役人という肩書きを失った浪人に誰が手を差し伸べてくれる」

「面倒を見てやった御用聞きや商人がおりまする」

筆頭与力が必死で反論した。

「そなたが面倒を見たわけではない。面倒を見たのは町方役人という権力である。その権力を失ったら……面倒を見るではなく、ただの面倒になるだろう」

「あわっ」

ようやく筆頭与力が理解した。

「我らは先祖代々……」

「それが公方さまに通じるか。それこそ弊履のように捨てられるだけだ」

まだしがみつこうとする筆頭与力に大岡越前守が止めを刺した。

「…………」

筆頭与力が崩れるようにして、うなだれた。

「見つからぬのでもう江戸におらぬ。管轄ではなくなったではすまぬ。それを公方さまがお認めになるはずない」

「ですが、どれほど探しても」

力なく筆頭与力が首を左右に振った。

「ただ町のなかを同心、御用聞きにうろつかせているだけで、なにがわかる。藤川義右衛門は御広敷伊賀者の頭であった男ぞ。顔をさらして歩いているはずはない」

「…………」

図星だったのか、筆頭与力が黙りこんだ。

「やることはいくらでもあろう。藤川一味が潜んでいたところをもう一度探るなり、近所で聞きこみをするなりな」

「すでにいたしております る」

「一度やったくらいで言うな。百度したならば、なにもないと言ってよい」

「百度……」

「不満か」

「いえ」

大岡越前守に凄まれた筆頭与力が首を横に振った。

「それと品川や内藤新宿、板橋、千住に人を出したか」

「四宿は関東代官の支配地でございまする」

江戸の出入り口である宿場の名前を出した大岡越前守に、筆頭与力が管轄外だと告げた。

「そのようなことでどうする。関東代官伊那どのには余から頼んでおく」

「お願いをいたしまする」

支配地外に手を出すともめ事になりやすい。それを避けられるとなって、筆頭与力が大岡越前守に頭を下げた。

「本来ならば、そなたから余に願うべきことであったのだぞ。それを探索に慣れておらぬ余から言われたことを恥じよ」

やる気がたりぬと大岡越前守が筆頭与力に皮肉を浴びせた。

「申しわけございませぬ。ただちに」

逃げるように大岡越前守の前から筆頭与力が去っていった。

「公方さまがお怒りになるのもわかったわ。長年の経験という安寧（あんねい）にあぐらを掻いているだけで自ら動こうともせぬ」

筆頭与力の態度に大岡越前守が憤った。

「余が叱られたのも、そのあぐらを崩せと抜擢されたことに気付かなかったからであるな」

大岡越前守が己に向かってため息を吐いた。

第五章　辰ノ口（たつのくち）の戦い

一

評定所は江戸城の大手門を出てすぐ、辰ノ口にあった。

その歴史は古いようで意外と浅かった。

老中や奉行が集まっての協議や評定は、三代将軍家光のころに松平伊豆守信綱や阿部豊後守忠秋（あべぶんごのかみただあき）ら執政の屋敷でおこなわれたのを嚆矢（こうし）とする。

それが四代将軍家綱の御代、明暦（めいれき）の火事によって当代の宿老であった酒井雅楽頭忠清の屋敷が全焼、その再建を待っていては政が遅れるとして、被害が少なく復興も早かった辰ノ口伝奏（てんそう）屋敷の半分を独立させたのが、今の評定所であった。

評定所は基本、管轄の違う役職間の調整、身分が違う者同士の訴訟の審判をした。

管轄が重なりやすく軋轢の多い寺社奉行と町奉行、寺社奉行と勘定奉行などが互いに妥協できないときに、老中が間に入って調整をする。あるいは借財を返してくれないと訴え出た商人と訴えられた大名、旗本を呼び出して、双方の意見を聞いて裁決を下す。

評定所は幕府における最後の評決場であり、ここでの決定は基本ひっくり返らない。

とはいえ、例外はいつもある。

酒井雅楽頭が、親藩越後高田藩を巡っての御家騒動をひっくり返したり、それをまた五代将軍綱吉がやり直したりという前例があった。

もっとも酒井雅楽頭は家綱から幕政を預けられた大老、綱吉は将軍とどちらも幕府の頂点に立つ者だからこそのことであり、刑罰を受けた大名や旗本の再審願いが受け付けられたことはなかった。

「明日、昼八つ（午後二時ごろ）、評定所へ出頭いたせ」

聡四郎のもとへ使者番が召喚の報せに来た。

「承った」

拒否はできない。病であれば認められるが、そのときは用人を代理に出さなければばならなくなる。

老中をはじめとする幕府重職たちが都合をつけて開催する評定を、先延ばしにな
どできるはずはなく、

「水城右衛門大尉が代理某、これについて申すところはあるか」

「…………」

ぐっと老中に睨まれれば、用人などは萎縮してしまって、反論できなくなる。

「なれば水城家は……」

弁明しなければ、相手の言いぶんを認めたことになった。

「認めましてございまする」

こう報告されれば、吉宗もかばうことはできない。

「いたしかたなし」

結果、聡四郎は罪に落とされる。

「評定所への召喚につき、供は小者一人のみ許すとのお達しである」

「お待ちあれ。評定所へのお呼び出しゆえ、供は通常より遠慮すべきとは存じます
るが、小者一人はあまりでございましょう」

聡四郎が抗議した。

普段から少なめにしているが、それは大宮玄馬が一人いれば戦力としては十分であり、それ以外の者は紅と紬が二度と面倒に巻きこまれないようにするための守り手として屋敷へ詰めさせていたからである。

「まだ拙者に何かの咎めがあったわけではございませぬ」

役付の旗本が小者だけを連れて歩く。それは目見得以下としての扱いになった。それこそ、旗本としての面目にかかわってくる。聡四郎が気色ばんだ。

「そう伝えよと言われただけであるが、たしかに問題があるように思える」

正論に使者番も怪訝な顔になった。

「とりあえず、使者としての役目を果たした。貴殿の苦情は執政衆に伝えておく」

使者番が譲歩して帰った。

「変わりましょうか」

襖の外で使者番と聡四郎の遣り取りを聞いていた大宮玄馬が不安げに尋ねた。

「伝えはするだろうな。もっともこう言ってこいと申し渡されている。最初からわかっていたことだ。ただ、真正面から文句を言われたから逃げ道を作ったというところだろう」

聡四郎が首を横に振った。

「逃げ道……」

「執政に言われたのでそのまま使者に出たら、相手から正論での苦情を受けたので、そこで復命のおりに申しました。ようは、なにも拙者は知りませんでしただな」

「では……」

大宮玄馬が息を呑んだ。

「使者番を務めるだけの能力があって、異常さに気づいていないはずはなかろう」

「なんということを。お役目をなんだと」

使者番は旗本の出世階段のなかほどといえた。将軍あるいは執政の代理として、大名家や旗本家、場合によっては朝廷、増上寺、寛永寺、日光東照宮などへ向かうのだ。礼儀礼法に通じておらねばならず、幕府の慣例もあるていどは知っていなければならない。

使者番から目付、遠国奉行へ転出することもあり、旗本としては任じられたい役職の一つであった。

ただ、定員が多い。もとは二十五人ていどだったが、五百石ほどの旗本が就ける役職として人気が高く、伝手や無理強いなどが重なって増え続け、今は四十人をこえていた。

そうなれば、使者番を足がかりに出世しようとしても、なかなか機が巡ってこなくなる。

「執政に媚びるのは当然だな」

「腑抜けめが」

聡四郎の嘆きに大宮玄馬が吐き捨てた。

「では……」

「供を増やす許可は来ぬ」

「では、こちらで……」

「ならぬ」

無視して惣目付としてふさわしい供をそろえてはと大宮玄馬が言いかけたのを、聡四郎が手で制した。

「使者番の指図に従わぬのは、公方さまの御諚に刃向かうことだと、難癖を付けられるだけよ」

「腐れ役人ども」

聡四郎の説明に大宮玄馬が憤慨した。

「落ち着け。わかったこともあるぞ」

「わかったことでございまするか」

大宮玄馬が首をかしげた。

「供を小者に指定したのはなぜかを考えればわかるだろう。そなたを吾から離すためよ」

「わたくしを……殿を襲うつもりか」

気づいた大宮玄馬の顔が憤怒の色に染まった。

「吾を評定所へ引き出そうとした者の思いつきそうなことだ。考えればわかる。そもそも公方さまに無理な目通りを願ったなど、理由にならぬ。それをいえば目付はどうする。目付の権じゃというならば、惣目付はそれを上回るのだぞ。若年寄支配の目付と違い、惣目付は公方さまの直轄。惣目付が公方さまにお目通りをするのはお役目として当然のこと」

「たしかに」

聞いた大宮玄馬が首肯した。

「それに評定で吾に罪を押しつけたところで、公方さまがそれをお認めになるか」

「なられませぬ」

「どれだけ執政や目付が声を大きくしたところで、公方さまはお聞きにならぬ。もし、評定所の決定を受け入れれば、今後公方さまに従う者はいなくなる。改革をなさろうとお考えの公方さまにとって、これは致命傷だ」

「まさに」

大宮玄馬が聡四郎の説明に納得した。

「老中も目付も、それくらいはわかっているだろう」

「今回の騒動は、最初から殿を警固なしにするために仕組まれたと」

唖然とした顔で大宮玄馬が言った。

「そうでなければ困る。評定所へ持ちこめばいいと本気で考えているような連中が、執政や監察など悪夢だぞ。もっとも、そうでないと否定できぬところが辛いのだが。まあ、少しは頭の回る者がいたというだけでよしとすべきだ」

聡四郎がため息を吐いた。

「なんと申しますか……」

大宮玄馬があきれた。

「とはいえ、わざわざ罠に嵌まらずとも……」

「罠ならば、食い破ってやるだけよ」

聡四郎が口の端を吊り上げた。

「では、わたくしが陰警固を」

「いや、玄馬には屋敷を、妻と娘を守ってもらいたい」

勢いこんだ大宮玄馬に、聡四郎は首を横に振った。

「それは……」

ずっと聡四郎の側にいた大宮玄馬だけに戸惑った。

「ですが、殿のご警固は」

大宮玄馬が気にしていたのは、そのことだった。

「山路兵弥、播磨麻兵衛」

聡四郎が呼んだ。

「これに」

「お呼びか」

水城家の家士となったもと伊賀の郷の忍が応じた。

「聞いていただろう。明日、頼む」

聡四郎が二人に供を命じた。

「では、わたくしが小者に」

「なれば、拙者は陰警固を」

二人がすぐに分担を決めた。

どちらも長く伊賀者として働いていた。

伊賀者というのは、そのもとが体力を使う仕事のため、引退が早い。二人ともまだ現役として十分やっていける自信はあったが、忍というものはしくじりが許されない。一定の年齢になった者は一線を外れ、後進の育成に回る。その二人が聡四郎の家臣となったのは、袖たちのしくじりを受けての詫びであった。

「さて、拙者は出ましょうかの」

下級武士の姿になった播磨麻兵衛が、出立（しゅったつ）すると言った。

「明日ぞ、仕事は」

聡四郎が驚いた。

「屋敷はすでに見張られておりましょう。明日、殿と合わせて出かければ、陰供（かげとも）と見抜かれかねませぬ」

忍としての気配りであった。

「さすがよな」

聡四郎が感心した。

「お褒めいただくほどのことではございませぬ。では、兵弥、後は任せた」

「承知いたして候」

大仰に山路兵弥が首を縦に振った。

聡四郎の呼び出しは紅の耳にも届いた。

「なにをする気」

「思い知らせてやろうと思っておる」

同田貫を手入れしながら聡四郎が答えた。

「やりすぎないようにね」

「わかっている。ただ、降りかかる火の粉を払うだけよ」

聡四郎が口の端を吊りあげた。

「人の親だということを忘れないで。あたしはまだ後家になる気はないから」

真剣な口調で紅が案じた。

「山路と播磨が供になる。十やそこらの敵なんぞ、障害にもならぬ」

聡四郎が平然と口にした。

「玄馬さんは」

名前が出なかったことに紅が首をかしげた。

「連れてくるなとのお達しだ」

「……誰の」

「老中か、目付か。吾を評定にかけて咎めたいと考えている連中よ」

「ちょっと出かけてくるわ」

紅が笑顔で腰をあげた。

「目が笑っておらぬぞ。なにより今、水城家は謹慎中じゃ」

「将軍の養女を止められるの」

注意した聡四郎に、笑顔のまま紅が問うた。

「止められないが、後々こっちに苦情が来る」

「わかっていて、あたしを嫁にしたんでしょ」

苦い顔をした聡四郎に紅の笑顔が和（やわ）らいだ。

「……勝てぬなあ」

聡四郎がしみじみと口にした。

「今ごろ気づいたの」

子を産んで一層豊かになった胸を紅が張った。

「いや、あの永代橋（えいたいばし）の袂（たもと）で出会って以来、ずっとわかっていた」

「……馬鹿」

聡四郎の話に、紅が頬を染めた。

「馬鹿ついでに頼もう。もう少しおとなしくしていてくれ。警固の手が足りぬ」

「御師、無手斎先生がいなくなったから」

紅の声が沈んだ。

「…………」

無言で聡四郎は紅に近づいた。

「そなたのせいではないし、紬のせいでもない。すべては藤川義右衛門のせいだ」

入江無手斎の行き方知れずに責任を感じている紅を聡四郎は強く抱きしめた。

「だからこそ、思い知らせてやらねばならぬ」

聡四郎は藤川義右衛門を許すつもりはない。

「そのためには今回のことも、認めてはならぬ」

策略を巡らせる連中への嫌悪を聡四郎は露わにした。

二

阪崎左兵衛尉は評定の開かれる朝、奥右筆部屋へと赴き、組頭の二戸稲大夫を呼び出した。

「今日、昼から惣目付水城右衛門大尉を評定にかける」

「惣目付さまを……」

二戸稲大夫が驚いた。

「約定じゃからの、報せた」

「ずいぶんと遅うござるな」

「いつとは言われてなかったからの」

平然と阪崎左兵衛尉が返答した。

「ではの」

借りは返したと言わんばかりの態度で阪崎左兵衛尉が帰っていった。

「愚かにもほどがある。御休息の間近くで騒いでおきながら、公方さまが、我ら奥右筆が気づかぬとでも思っていたか」

見送った二戸稲大夫が嗤った。

「さて、新たな目付の任について、公方さまへお話を申しあげねばならぬ。目付の入れ札などというのを許すから増長する。やはりすべての役職は我ら奥右筆を通さねばの」

二戸稲大夫が奥右筆部屋へと戻った。

奥右筆を押さえたつもりの阪崎左兵衛尉は、目付部屋で中食をすませると江戸城を出て評定所へと向かった。

「惣目付の顔を見るのが今から楽しみじゃ」

阪崎左兵衛尉も吉宗の腹心である聡四郎をどうこうできるはずはないとわかっていた。ただの嫌がらせに近かったが、それでも五日ほどは聡四郎の身動きを止められた。

「同じことを繰り返せば、惣目付の役目は果たせまい。まともに仕事もせぬとなれば、公方さまの改革にふさわしくないとの意見も出しやすくなる」

吉宗はどれだけ格が高かろうが、歴史があろうが、幕府にとって役に立っていない者を切り捨てている。そこへ惣目付の足が止まれば、いくら吉宗でもかばうわけにはいかなくなる。

「娘婿には甘い」

そう幕臣たちが思えば、吉宗の改革は躓く。

「目付を重用すればよかったのだ。あらたに惣目付などという屋上屋を架すようなまねをなさるから」

阪崎左兵衛尉が足を止めて、御休息の間のほうを見た。

「幕臣すべてに見捨てられる」

小さく阪崎左兵衛尉が呟いた。


山路兵弥を供に聡四郎は刻限より早く屋敷を出た。

「湯漬けだけでは、腹がくちくならぬな」

聡四郎が腹をなぜた。

「殿ならば大丈夫でございましょうが、腹一杯喰っての戦いは厳しゅうございますぞ」

苦笑しながら山路兵弥が注意した。

「ああ」

思い出すような目をしながら、聡四郎がうなずいた。

「真剣勝負ではなかったが、稽古でな。腹一杯喰わされた後、師匠と仕合をさせられたことがあった」

「入江どのと……それはきつい」

山路兵弥が頬をゆがめた。

「木刀を打ち合った後、腹を思い切り蹴飛ばされた」

「うわあ」

苦い顔をした聡四郎に山路兵弥が哀れみの表情を見せた。

「あれほど苦しいことはなかったな。吐きたくても蹴飛ばされたことで腹の筋が動かなくなって、吐けない。ようやく吐けたと思えば、出たのは血だった」

「腹をやられたら、助かりませぬ」

「重々知ったわ」

聡四郎がため息を吐いた。

「戦の前は腹五分が慣例でございまする」

山路兵弥がなだめた。

「だから、腹一杯喰えなかった恨みもぶつけてくれようと思う」

「食いものの恨みは恐ろしいですな」

冗談めいた聡四郎の決意に山路兵弥が首肯した。

屋敷を出て辻を一つ曲がったところで、矢が振ってきた。

「少しは学んだようだ」

数本、それも気を合わせての射は、聡四郎と山路兵弥によって、すべて弾かれた。

「行くぞ」

「お待ちを」

太刀を抜いた聡四郎を山路兵弥が止めた。

「飛び道具だけは片付けておきませぬと気を散らせられまする」

山路兵弥が冷たい声で言った。

「……うっ」

「な……」

「あぎゃあ」

苦鳴が響き、三人の射手が落ちてきた。

「麻兵衛だな」

「はい」

確かめた聡四郎に山路兵弥が首肯した。

「馬鹿な」

「伏せ勢か。射手がやられた」

「構うな。目標は惣目付一人」

待ち伏せしていた侍が聡四郎を睨んだ。

「一人、二人……十四人とは、無理をしたな」

聡四郎が敵の数を数えた。

「十四人も出せるとなると、旗本ではございませぬな」

山路兵弥も後ろにいる人物を見抜いた。

「公方さまへの牽制のつもりなのだろうよ」

頬をゆがめた聡四郎が、大きく息を吸った。

「付いてこい」

「殿、先鋒はわたくしが……」

飛び出した聡四郎の後を山路兵弥があわてて追った。

「先鋒は麻兵衛のものだぞ」

走りながら聡四郎が笑った。

「あやつめ」

山路兵弥が歯がみをした。

「囲め」

「あやつを仕留めれば、出世は思うがままぞ」

「槍を並べろ」

合わせるように槍持が三人、石突き(いしづき)を地に刺すようにして、切っ先を聡四郎たちへ向けた。

「騎馬攻めでもあるまいし」

聡四郎が笑った。

「三本では槍衾(やりぶすま)とはいきませぬな。隙間だらけで」

小者姿の山路兵弥も木刀を肩に担ぎながら、嘲弄(ちょうろう)した。

「ぐっ」

「麻兵衛め」

槍衾の真ん中が崩れた。

「どうりゃ」

中央に穴が空いたところへするりと山路兵弥が入りこみ、木刀で左右の槍を叩いた。

「あほうめっ。木刀ごときに……」

嘲笑(あざわら)おうとした刺客が目を見張った。

槍の柄が見事に叩き折られていた。

「なかまで木とは限らんぞ、若僧が」

主君の孫を奪われ、今、主が襲われている。山路兵弥は怒っていた。

武器を破壊されて呆然となった刺客二人の頭が爆(は)ぜた。

「鉄芯入りか、卑怯な」

「大勢で囲んでおきながら、どの口が言う」

そこへ勢いをつけた聡四郎が突っこんだ。

もともと全身の力を一つにして、鎧武者を二つに割るのを極意としている一放流である。走った勢いの使いどころもわかっている。

「かっ」

右首から左腰まで一刀のもとに裂かれた刺客が、血にまみれた。

「井戸野(いどの)どの……」

その悲惨な光景に刺客たちが立ちすくんだ。

「なにをしておる。戦いぞ。味方が倒れるのも策のうち」

一人中央に立っていた背の高い刺客が、仲間を叱咤(しった)した。

「おう」

「ああ」

刺客たちが気を取り直した。

「倒れた者の家も重用くださるとの殿のお言葉である。一同、奮(ふる)え」

背の高い刺客が一同を激励した。

「そうじゃ」

「子孫まで繁栄が約束されておる」

刺客たちが奮起(ふんき)した。

「名乗らず、幕府役人を襲う者を誰がかばう。少しは頭を使え」

後ろから播磨麻兵衛が、若い刺客を突き刺した。

「こやつは……」

「小者一人であったのではないか」

刺客たちがまたも揺らいだ。

「間抜け面を晒すな」

山路兵弥が揺らいだ刺客に手裏剣を撃ちこんだ。

「…………」

見事に喉を射貫かれた刺客が声も出せずに死んだ。

「忍……」

背の高い刺客が腰を屈(かが)めた。

「できるな」

「お任せしても」

山路兵弥が感心した聡四郎に問うた。

「任せてもらおう。その代わり」

「残りは我らが片付けましょう。決して殿に近づかせませぬ」

「おうよ」

山路兵弥と播磨麻兵衛が聡四郎の言いたいことを読み取った。

「頼んだ」

聡四郎が太刀を右肩に担いで、ゆっくりと背の高い刺客へと近づいていった。

「させるか」

待ち構えず背の高い刺客が聡四郎へと襲いかかった。

「……ふっ」

半歩引いて身体をずらした聡四郎が、背の高い刺客の一撃をかわした。

「こいつっ」

背の高い刺客がそのまま太刀を斬り上げてきた。

「おう」

肉厚で知られた同田貫となれば、刀同士をぶつけてもほとんど傷つかない。聡四郎は背の高い刺客の動きを止めるため、わざと受けた。

「ちぃ」

背の高い刺客が舌打ちをした。

「鍔迫り合いは好みじゃないようだ」

聡四郎が笑いかけた。

「一放流相手に足を止めるのは」

「よく知っている」

一撃に全身の力をこめるだけに、一放流は足を地に着けての溜めを取ることが多い。

背の高い刺客の言葉に聡四郎が感嘆した。

「どのような流派を遣うかくらいは知っておかぬと……」

「ぐあっ」

言いかけた背の高い刺客の言葉を別の刺客の苦鳴が遮った。

「あと七人」

わざとらしい声で山路兵弥が聡四郎の加勢をした。

「なんだとっ」

背の高い男が唖然とした。

「むん」

聡四郎がそれを隙と見て、鍔迫り合いに圧をかけた。

「くうう、なんの」

頭半分聡四郎より高いだけあって、刺客の力は強い。少し後ろになった重心を背中の力で巻き戻した刺客が、逆に体重をかけるようにしてきた。

「ぬっ」

動揺を見抜いての行動は、かえって聡四郎に不利を生んだ。

「このままっ」

背の高い刺客が上から聡四郎を押さえこみ、切っ先が頭へ向かうように重心をずらそうとした。

「させぬ」

下から聡四郎が重心を合わせるように太刀を操った。

聡四郎と背の高い刺客の鍔迫り合いが続いた。

三

鍔迫り合いは、互いに相手の切っ先の間近に身を置いている。力で押し合い、負けれぱ避けようもなく斬られる。

だからといって全身に力を入れると少し重心をずらされただけで体勢を崩し、それこそ死ぬ羽目になる。

鍔迫り合いは押す引くの駆け引きが命運を分けた。

「好機なり」

背の高い浪人と向き合って動けなくなっている聡四郎の背中を別の刺客が狙った。

「郷塚(ごうづか)どの。押さえてくれ」

そう背の高い刺客を呼んだ壮年の刺客が断ち切ろうと刀を振りあげた。

「だからさせぬと申したであろう」

播磨麻兵衛が対峙(たいじ)していた刺客の頭を軽々と飛び越えて、聡四郎へ刀を向けた刺客の前に落ちた。

「うわっ」

目の前に落ちてきた播磨麻兵衛に、刺客が驚いて固まった。

「死んどけ」

着地の衝撃を消すため膝を曲げていた播磨麻兵衛が、そのまま伸びるようにして下から斬り上げた。

「……なんだ」

状況がわかっていない刺客が、下を見た。

「は、腸が……」

己の腹から青白い臓物があふれ出てきていた。

「出るな、出るな、出ないでくれ……」

刀を捨てて刺客は両手で腸を受けようとしたが、血潮で滑ってこぼした。

「ああああ」

嘆きながら刺客が崩れた。

「津田……」

その一部始終を見ていた聡四郎と鍔迫り合いをしている郷塚と呼ばれた背の高い刺客が息を呑んだ。

「残り六」

「五はもらう」

「ぬかせ。儂が五じゃ」

「なんなんだああ、おまえたちは」

播磨麻兵衛と山路兵弥の遣り取りに、郷塚が叫んだ。

「水城家の主と従者二人だな」

聡四郎が刀に圧をかけながら答えた。

「こんな従者がいるものか」

「当家では当たり前だぞ。あれでも最強ではない」

否定した郷塚に聡四郎が述べた。

「入江師と玄馬どのは、別格じゃがな」

「たしかに。あの二人と遣り合えと言われたら、禄も家も捨てて逃げるわ」

刺客の数を削りながら、播磨麻兵衛と山路兵弥が言い合った。

「…………」

郷塚の顔色（がんしょく）がなくなった。

「さて、どこの家中の者だ」

気を抜かず、聡四郎が尋問に入った。

「言うはずなかろう」

「たしかにな」

拒んだ郷塚に、聡四郎はあっさりと質問を取り下げた。

「なにを考えている」

気を取り直したのか、より太刀に力を入れてきた郷塚が怪訝な顔をした。

「なに、しゃべれば助けてくれようと思っただけよ。ああ、もちろん、そなただけではないぞ、誰でもいい。主のことを語った者は生かしてくれる」

「舐めるな」

「我らは武士である」

「ならば逝け」

気概を吐いた二人の刺客が、山路兵弥によって刈り取られた。

「ひうっ」

まさに首が飛ぶのを目の当たりにした刺客の一人が怖じ気づいた。

「そなたはどうする。今ならば助けてくださるぞ。我が主は命の遣り取りにおいては厳しいが、偽りは言われぬ。本来はお優しいお方だ」

「本来……どういうことだ」

しっかりと聡四郎は聞きとがめた。

「舐めるな」

軽口を隙と見た郷塚が一気に押しこもうと力を入れた。

「どっちがだ。命の遣り取りをした経験はありそうだが……」

先ほど動揺した刺客たちを落ち着かせた手腕を聡四郎は買っていた。

「……己が圧倒できる相手だったのだろう」

実際に間近で遣り合ったことで、聡四郎は郷塚の経験が浅いことに気付いた。

「なにを」

郷塚が目を剝いた。

この泰平の世では剣術の仕合だとしても、人を殺せば周りから忌避(きひ)される。ましてや藩士ともなれば、放逐は免れない。

「まあ、今どき人を斬ったことのある者は貴重ではあるがの」

郷塚が人殺しをしても家中に残っていられるのは、主君がそれを認めているからである。老中や大坂城代、京都所司代などの要職は、きれいごとだけでは務まらない。

いや、やる気であれば、清廉潔白は貫ける。でなければ、幕府なんぞとっくの昔に腐って倒れている。ただ、清廉潔白を貫くにはときと手間がかかる。力や金でものごとを動かすのを一とすると、清廉潔白だと五以上になってしまう。

そして清廉潔白は、上にいけばいくほど面倒になった。

「巌のような相手に挑んだことはあるか。毒蛇のように狡猾な者の罠にはまったことはあるか。命乞いをする相手を仕留めたことはあるか。女を斬ったことはあるか」

「……なにを言っている」

聡四郎の言葉に郷塚が震えた。

「そうか。ないか。幸せだの」

すっと聡四郎の顔から表情が消えた。

「……ひいい」

その顔を見た若い刺客が腰を抜かした。

「…………」

郷塚も声をなくした。

「殿、そろそろ」

すっと播磨麻兵衛が隣に来た。

「評定所へ向かうころあいか」

「さようで」

播磨麻兵衛が首肯した。

「他に伏せ勢は」

「朝方見回ったときにはございませなんだ」

確認した聡四郎に播磨麻兵衛が首を横に振った。

「終わりましてございまする」

さらに山路兵弥も加わった。

「終わった……なにを言っている。弓組を入れて十七人いたのだぞ。それも遣い手と言われる者ばかり」

一人になった郷塚が否定した。

「天正伊賀の乱を聞いたことはあるだろう」

「織田信長公が伊賀国に攻め入ったことだろう」

質問に郷塚が思わず答えた。

「それは二度目じゃ。一度目は信長公の次男北畠信雄公が八千の兵を率いて伊賀に攻め入った。そのとき伊賀の衆は、わずかに千五百。そして八千の兵は壊滅した」

「それがなんだ」

「武士では忍を倒せぬ。よほど肚が据わり、目がよく、素早くないとの」

まだ強気を見せようとした郷塚に聡四郎が首を横に振った。

「なにより待ち伏せしているつもりが、逆に伏せ勢を仕掛けられていたのだ。それを警戒していないのでは、勝てぬ」

聡四郎が淡々と言った。

「まさか、この鍔迫り合いは……」

郷塚がはっとした。

「そなたはかなり他の者たちから頼られていたようだからな。それを足留めし、周囲への指示を出せない状況にする」

「くそっ、卑怯なり」

嗤う聡四郎に郷塚が怒った。

「先ほどから卑怯、卑怯と言ってくれるが、敗者に勝者を嘲ることはできぬ。なにせ、口を利けぬのだからな」

「おのれはああ」

郷塚が叫び声をあげた。

「では、あらためて始めようか」

聡四郎の気迫が満ちた。

「……くわあ」

顔を赤くして郷塚が離れようと、鍔迫り合いを終わらせようと、聡四郎に向かって力押ししてきた。

「ふん」

合わせて聡四郎も郷塚を突き飛ばすように力を返した。

「……よしっ」

互いの力が反発し合った。

それに乗って郷塚が半間（約九十センチ）足らず、後ろへ跳んだ。

「これでっ」

「………」

郷塚が刀を構え直そうとしたところへ、聡四郎の太刀が落ちた。

「霹靂（へきれき）」

両断された郷塚に、残心（ざんしん）の構えを取った聡四郎が声をかけた。

「己で言っていただろうに。一放流の足を止めさせてはならぬと」

鍔迫り合いは足を止めて力を加え合う。まさに一放流の得意なところであった。

「もっとも自ら離れようとしなければ、そちらの力が勝っていたのだ。長引かせることはできただろう。吾が評定の刻限に遅れるくらいは……」

「ありませんな」

「うむ。そうなれば、我らが後ろから刺しておりまする」

感慨を口にした聡四郎に播磨麻兵衛と山路兵弥が首を横に振った。

「そうなるか」

聡四郎が苦笑した。

「で、どうであった」

苦笑を消して、聡四郎が問うた。

「二人生かしておりまする」

播磨麻兵衛がちらと目をそちらへ向けた。

「なにかしゃべったか」

「久世大和守の家中だそうで」

山路兵弥が敬称を付けなかった。

「先日の下城途中で襲い来た者どものことで、まったく騒ぎが起こっておらぬ。これは執政の久世か、戸田かのどちらかだろうと思ってはいたが」

小さく聡四郎が首を横に振った。

「名前は」

「敷島次郎右衛門（しきしまじろうえもん）と丹羽権三郎（にわごんさぶろう）と」

聡四郎に訊かれた山路兵弥が答えた。

「いかがいたしましょうか」

播磨麻兵衛が二人の処遇を尋ねた。

「助けると約束したのだ。放してやれ」

「よろしいのでございますか。せめて殿が評定所へ入られるまで動けぬようにすべきかと」

逃がしたその足で主君へ報告に行かれては面倒になるのではないかと、播磨麻兵衛が懸念を口にした。

「戻れば、敵に降伏したとして死罪だぞ」

聡四郎は切腹とは言わなかった。

「そうなるとわかっている者は、命惜しさに報告なんぞするまい」

「まさに、まさに」

　播磨麻兵衛が納得した。

「そうだ。殿、刀を集めておきましょうぞ」

「証に使えるか」

「これだけあれば、知られた刀も一つや二つはございましょう」

　確かめた聡四郎に播磨麻兵衛が首肯した。

「では、参ろうぞ」

「屋敷へ戻られて身形を整えられては」

　いくら最初の一人と郷塚だけとしか戦っていないとはいえ、聡四郎の姿は乱れている。

「途中で襲われた証明になるだろう」

　危惧を表した播磨麻兵衛に聡四郎が応えた。

四

　評定の開かれる日、評定所の門は大きく開かれる。

「何者か」

　門へ向かってくる聡四郎たちに、評定所同心が六尺棒を地に打ち付けて音を出し、誰何した。

「惣目付水城右衛門大尉である。召喚に応じて参上した」

「本日の……」

　名乗りを聞いた評定所同心が首肯した。

「通るぞ」

「お待ちを。お姿に問題が……」

「ない」

　身形に苦情を述べようとした評定所同心を聡四郎が抑えつけた。

「ですが、ご執政さまにそのお姿は……」

「見せつけてくれるだけよ」

　なんとか翻意させようとする評定所同心に、聡四郎が返した。

「……見せつける」

「通る」

　評定所同心が考えこむ隙に聡四郎はなかへ入った。

「兵弥」

「承知いたして候(そうろう)」

ちらと目をくれた聡四郎に山路兵弥が首を縦に振った。

「……水城右衛門大尉さまでございましょうか」

歳老いた評定所内同心が、玄関へ近づいてきた聡四郎に問いかけた。

「さようである」

「御庭先へお回りを」

評定所内同心が庭への道を示した。

「よいのだな」

聡四郎が確認した。

「まだ咎めがあるかどうか、公方さまのお指図も下らぬなか、惣目付を庭先へ通していいのだな」

「そうせよと御老中さまが」

老齢の評定所内同心が責任を久世大和守へ流そうとした。

「公方さまがそれですまされると思うとはの。指示を鵜呑みにするような者は不要であると常々仰せだということくらい知っておろうに」

「うっ」

評定所内同心が詰まった。

「そなた、名はなんと申す」

「お聞かせするほどの者ではございませぬ」

名前を問われた評定所内同心が逃げようとした。

評定所内同心、評定所同心は勘定奉行の支配にあり、そのほとんどが勘定所からの出向であった。

「そうか。ならば後で勘定奉行どのに訊くとしよう。こちらだの」

聡四郎は庭先へと足を向けた。

「お待ちを。こちらへ」

評定所内同心が聡四郎を止めた。

「こちらからが近うございまする」

評定所内同心が惣四郎と目を合わさないようにしながら、先導した。

「ここでお待ちを」

聡四郎は評定所白州近くの小部屋、召喚された者の控え室へと案内された。庭先からでも控え室へは来られるが、そのときは白州を横目に見ながらになる。詮議場の権威である白州を見せつけ、そこに座らされることになるという圧迫を与える。そのための庭回りであった。

「うむ」

うなずいた聡四郎は、堂々と控え室の上座へ腰を下ろした。

幕臣は己の屋敷でもない限り、最上段に座を占めない。これも通例のようなもので、いつ将軍やその代理が顔を出さないとも限らないからだ。

「………」

それを見た評定所内同心が、苦い顔をしながら下がった。

「さて、どれほど待たされるかの」

聡四郎が呟いた。

老中、寺社奉行、勘定奉行、町奉行の詰め所は、静かであった。

「……水城右衛門大尉、入りましてございまする」

配下たる評定所同心、評定所内同心から報告を受けた評定所留役(とめやく)組頭が襖を開けて告げた。

評定所留役は勘定奉行の支配を受けるが、同心たちと違って出向ではなく、ずっとこの席にある。定員は八人、年功序列で席次が決まり、最年長一人が評定所留役組頭となった。

「下書きをいたせ」

「ただちに」

久世大和守の指示に応じて、評定所留役組頭が一礼した。

下書きとは、本日の評定が開催された理由について、下、評定所留役が呼び出された者からそれに対する諾否をあらかじめ訊いておくことをいい、これに基づいて評定が進められた。

「よろしいか」

襖の外から入室の許可を求める声がした。

「かまわぬぞ」

聡四郎は鷹揚に認めた。

「評定所留役組頭楠新右衛門でございまする」

「惣目付水城右衛門大尉である」

聡四郎が名乗りに応じた。

「これより役儀により、あらためまする」

部屋に入ったところで、一度腰を下ろし楠新右衛門と名乗った評定所留役組頭が宣した。

「…………」

無言で聡四郎は頭を垂れた。

これは評定所という権威への礼儀であった。

「右衛門大尉、この経歴で違いないな」

最初に楠新右衛門が尋ねたのは、聡四郎の職歴であった。

「……まちがいござらぬ」

差し出された書付を読んだ聡四郎が首肯した。

「では、本日の評定に召喚された理由はわかっておるな」

「おりませぬ」

聡四郎が否定した。

「目付阪崎左兵衛尉の届け出によると、右衛門大尉は公方さまに押しての目通りを願い、無礼を働いたとある。これを認めぬと申すのだな」

「いかにも」

はっきりと聡四郎が拒絶した。

「すなおに認めれば、御上にも慈悲がある」

評定をおこなうまでもなく、罪を認めれば情状酌量されることもあると、楠新右衛門が勧めた。

「慈悲にすがる意味はござらぬ」

無実だと聡四郎は宣言した。

「ならば、やむなし。このままお伝えするのみである」

そう言って楠新右衛門が出ていった。

「なるほど。評定とはここで決まるのだな」

聡四郎は一人合点していた。

それから小半刻ほどで、呼び出しがあった。

「こちらへ」

聡四郎は評定の間の廊下に座るよう、楠新右衛門から言われた。

惣目付は従五位下として扱われる。それを白黒の判定が下る前から白州へということはできなかった。

かつて赤穂浪士一件の発端となった浅野内匠頭長矩を大名でありながら座敷ではなく庭先で切腹させた五代将軍綱吉は、そのことで後世の非難を浴びている。

久世大和守や阪崎左兵衛尉が、どれほど聡四郎を貶めたいと考えていても、無理はできなかった。

「…………」

すでに久世大和守を始め、寺社奉行、勘定奉行、町奉行が上座に、大目付と目付がその左右に腰を下ろしている。

重職たちの前に引き連れるという形を取ることで、畏れ入らせようとしているのだ。もちろん、これも評定所における慣例であった。

「水城右衛門大尉であるな」

「さようでございまする」

久世大和守の確認に、聡四郎はていねいに答えた。

「そなた旗本でありながら……うん」

そこで久世大和守が聡四郎を見つめ直した。

「右衛門大尉、そなた身形が乱れ……待て、その袢に付いている赤黒いものは……」

「これでございますか。返り血でござる」

久世大和守が指さすのを聡四郎は平然と受けた。

「か、返り血だと。この評定所に、厳粛なる裁きの場に、不浄の血で汚れた衣装で参るなど……言語道断（ごんごどうだん）である。これ以上評定をいたす意味はなし。ご一同、右衛門大尉を強く咎めるべきでございまする」

よしとばかりに目付阪崎左兵衛尉が声を高くした。

「……………」

久世大和守は無言であった。

「お待ちあれ、お目付どのよ」

普段は許可なく口を開くことのない町奉行が割って入った。

「なにか、越前守どの。余計な口出しはご遠慮願う」

要らぬことを言うなと阪崎左兵衛尉が大岡越前守を睨んだ。

「その衣服の乱れだが、承知の上か」

阪崎左兵衛尉を無視して大岡越前守が聡四郎に問いかけた。

「屋敷を出たときは、普通でございました」

「……………」

大岡越前守の質問に聡四郎が答えたが、そのときも久世大和守は黙っていた。

「越前守どの、これ以上は……」

「どうしてそうなったのか」

口を閉じさせようとする阪崎左兵衛尉を、大岡越前守は相手にせずさらに聡四郎へ訊いた。

「評定所へ至る途中にて侍の一団に襲われましてござる」

聡四郎は久世大和守を睨みつけた。

「真か」

大岡越前守もさすがに驚いた。

「偽りでござる。お相手なさるな」

阪崎左兵衛尉が大声で遮ろうとした。

「場をわきまえよ、左兵衛尉。ここは静謐を保つ評定の場である」

聡四郎が阪崎左兵衛尉を叱りつけた。

「なにをっ……白州にあるべき身でありながら」

「左兵衛尉どのよ、貴殿が興奮されては評定にならぬぞ」

評定所を差配する勘定奉行大久保(おおくぼ)下野守忠位(しもつけのかみただつら)が、阪崎左兵衛尉をなだめた。

「されどっ」

「落ち着かれよ」

阪崎左兵衛尉の反論を大久保下野守が制した。

「……………」

長年役人をやっていると、これ以上はまずいという雰囲気を感じ取れる。いや、感じ取れなければ、目付まで出世を重ねてきてはいない。

無念そうな表情をしながらも、阪崎左兵衛尉が黙った。

「右衛門大尉どのよ。町奉行である越前守どのが口を出すのは、よろしくないのでな。ここからは拙者が事情を伺おう。言うまでもないことだが、偽りなどがあれば、今回の評定とは別に咎めを受けることになる」

「役儀にかけて、偽りではござらぬ」

大久保下野守の念押しに、聡四郎は胸を張った。

「では、訊くが……その衣装以外に襲われたという証はあるか」

「控え室にある吾が刀をご覧いただきたい。狼藉者（ろうぜきもの）を討ち果たしたまま手入れもできておりませぬ」

人を斬った刀は、拭いをかけ、しっかりと血脂（ちあぶら）を取らなければ錆（さ）びる。なにより鞘（さや）のなかに汚れが付く。これは鞘を潰すも同然であった。

鞘は刀の反りや長さに合わせて作られている。刀を鞘のなかで落ち着かせ、屈んだときに抜けたり、歩いているときに鞘と刀が触れて音が出ないようにするためであった。それだけになかが汚れてしまえば、掃除ができなかった。とくに血は拭き取ってどうなるというものではなく、付着した部分を削るしかないのだ。

「留役」

「はっ」

大久保下野守に言われた評定所留役が小走りに、聡四郎の刀を取りにいった。

「……これを」

戻ってきた評定所留役が刀を大久保下野守へと渡した。

「拝見する」

刀は武士の魂といわれる表道具である。他人の刀を粗略に扱えば、その場で首を斬られても文句は言えなかった。

「どうぞ」

「……むうう」

同田貫は重く長い。かろうじて大久保下野守は取り落とさずに抜いた。

「これは……すさまじい」

刀身に残った汚れに大久保下野守が息を呑んだ。

「懐紙を」

両手が塞がっている大久保下野守が、評定所留役に命じた。

「どうぞ」

すぐに評定所留役が懐紙を出した。

「拭ってみよ」

「…………」

指図を受けた評定所留役が懐紙を刀身に沿わせた。

「見せよ」

「どうぞ」

懐紙が開かれた。

「おう」

「生々しいことよ」

「まだ血が完全に乾いておらぬ」

大久保下野守をはじめとする列席者が声を漏らした。

「犬でも斬ったのではないか」

阪崎左兵衛尉が疑義を申し立てた。

「犬を斬っても、そのように刀身が切っ先からなかほどまで汚れませぬ」

「そんなもの、どこに犬ではないという……」

聡四郎の反撃を抑えようとした阪崎左兵衛尉が気づいた。

「こんな大きさの犬などおらぬ」

「いかにも。これは郷塚と名乗った刺客の胴体を真っ二つにしたときのものでござる」

「……郷塚」

聡四郎の出した名前に、沈黙を守っていた久世大和守が反応した。

「大和守さま」

すばやく大岡越前守が久世大和守を見た。

「なんでもない」

久世大和守が手を振って、大岡越前守の追及を終わらせた。

「公方さまに従うか」

その有様を見ていた聡四郎が、大岡越前守の動きを読んだ。

「いや、すさまじい腕であるの」

大久保下野守が刀を鞘に戻さずに置いた。

このまま鞘に入れていると刀が駄目になる。鞘はもうどうしようもないが、刀だけでも無事にという武士としての計らいであった。

「かたじけなし」

聡四郎が頭を垂れた。

「だが、これだけではいささか弱いと存ずる」

「であるぞ」

大久保下野守の発言に阪崎左兵衛尉が乗った。

「そもそも汚れなき評定所へ血刀を持ち込むなど」

「黙れ」

聡四郎が阪崎左兵衛尉を怒鳴った。

「武士が血を汚れと申すか」

「…………」

それを認めれば、武士の意味はなくなる。さすがにまずいと阪崎左兵衛尉が口をつぐんだ。

「他になにかないか」

大久保下野守が尋ねた。

「二人、生きたまま捕らえましてござる。名前は敷島次郎右衛門と丹羽権三郎だと白状いたしておりまする」

「ぐっ」

久世大和守がまたも妙な声を漏らした。

「いかがなされた。ご体調でも」

すでに裏のからくりに気づいている大岡越前守がわざとらしく案じた。

「……ああ」

それで大久保下野守も理解したらしい。

「ご老中さま、いかがいたしましょう。右衛門大尉どのを評定で裁くには、いろいろと問題があるように思えまするが……」

「うむ。右衛門大尉の疑いはなんであったかの」

久世大和守がとぼけた。

「目付のような特権を与えられておらぬにもかかわらず、公方さまに押しての目通りを求めたというものでございました」

「右衛門大尉、言いぶんがあれば申すがよい」

大久保下野守の説明を受けて、久世大和守が聡四郎を見た。

「なれば、公方さまより惣目付はすべてを監察する役目ゆえに、いつなりとも、大奥におろうとも目通りを許すとの御諚を賜っておりまする」

「偽りだ」

聡四郎の言葉を阪崎左兵衛尉が決めつけた。

「公方さまにお伺いいただいても苦しからず」

ぐっと阪崎左兵衛尉を聡四郎が睨んだ。

「いつなりとも目通りできるのは、目付だけの権。公方さまにお伺いせずともよい。そなたが……」

「止めい」

まだ頑張ろうとする阪崎左兵衛尉を久世大和守が怒鳴りつけた。

「右衛門大尉、捕らえた二人はどうした」

久世大和守が問うた。

「評定に間に合わぬこととなっては大事であると考え、両刀を取りあげただけで放置いたして参りました。もちろん、討ち果たした者たちの太刀は保管させておりまする」

「うむ。評定は御上の裁決の場である。よくぞ遅参せぬようにいたした」

両刀を押さえるというのは、後日の証拠となる。さほどのものではなく、数打ちの刀ならば別だが、刺客をするほどの腕の者がそんな安物を使うことはない。それこそ、名刀とまではいかずとも先祖伝来のものを帯びる。刀剣の手入れをする者に尋ねれば、身元が知れることはままあった。

「その刀はどうするつもりか」

久世大和守が聡四郎の顔を窺った。

「評定を開かれたのは久世大和守さまでございまする。その大和守さまの評定を邪魔しようとした者の証。お渡しいたすのが筋かと」

聡四郎が久世大和守に返すと言った。

「待て、それは目付に……」

「預かろう。きっと余が厳しく詮議いたす」

阪崎左兵衛尉の口出しを久世大和守が遮った。

「では、これにて評定は終わる。一同、ご苦労であった」

「大和守さま……」

評定を無理矢理終わらせた久世大和守を、阪崎左兵衛尉が見あげるようにした。

「御用繁多ゆえ、これにて」

すっと久世大和守が立ちあがって、詮議の場から離れた。

「では、拙者も」

大久保下野守らも腰をあげた。

「お疲れでございましたな」

大岡越前守が聡四郎に近づいて声をかけた。

「越前守どのにもご心配をおかけいたしました」

「いやいや、公方さまのご信頼厚き右衛門大尉どのじゃ。拙者は安心して見ておりましたわ。しかし、刺客のこと、よろしいのでござるかの」

暗に久世大和守を責め立てないのかと大岡越前守が尋ねた。

「そう遠くないうちに、自ら辞すか、公方さまがなされましょう」

自分のすることではないと聡四郎が告げた。

「なるほど。さすがは惣目付どのじゃ。では、わたくしもこれにて」

大岡越前守も背を向けた。

「阪崎左兵衛尉、訴追の儀に恣意あり。屋敷に帰って謹慎いたせ。追って沙汰が公方さまより下されよう」

「なにをいうか。余は目付であるぞ」

「目付ではなく、旗本としてのそちに命じておる」

「旗本……」

目付なればこそ幕府の役人である。それがただの旗本となれば、徳川の家臣になる。目付という権威を使えなくなった阪崎左兵衛尉が蒼白になった。

「わかっていなかったようだな。どのような役目を承ろうとも、もとは大名、旗本でしかない。それを忘れた者は徳川に不要である」

「…………」

「言いつけたぞ」

愕然としている阪崎左兵衛尉に釘を刺して、聡四郎も立ちあがった。


「変わらぬ賑やかさよな」

「だの。さすがは御三家筆頭の城下だ」

入江無手斎と木村暇庵の二人が名古屋に着いた。

「儂は廻国修行のときに名古屋へ来たことはあるが、おぬしもか」

「そちらは柳生新陰流かの。愚昧は木曾の薬草を学びにな」

問われた木村暇庵が答えた。

「今の江戸より繁華かも知れぬの」

木村暇庵が改革で贅沢がしにくくなっている江戸と比べた。

「遊所も多く、派手。あの公方さまが見過ごされるか」

「いずれは手出しなさろうよ」

首を振った木村暇庵に入江無手斎が答えた。

「しかし、これだけ人が多ければ、仇捜しは難しかろう」

木村暇庵が行き交う人々を見ながら嘆息した。

「いいや、かえって楽じゃ。闇にしか生きられぬ者は、繁華の陰を棲家とする。博打場か、遊廓か……」

入江無手斎の目つきが鋭いものへと変わった。

「藤川義右衛門、その姿、決して忘れぬ、見逃さぬ」

唇をゆがませた入江無手斎が牙を剝いた。

光文社文庫

文庫書下ろし／長編時代小説

霹靂　惣目付臨検 仕る㈤

著者　上田秀人

2023年5月20日　初版1刷発行

発行者　三宅貴久
印刷　萩原印刷
製本　ナショナル製本

発行所　株式会社　光文社
〒112-8011　東京都文京区音羽1-16-6
電話（03）5395-8149　編集部
8116　書籍販売部
8125　業務部

ISBN978-4-334-79539-9　Printed in Japan

組版　萩原印刷